अवतार

~ समकालीन हिंदी कथा एवं लघुकथा संग्रह ~

प्रशांत

COGNiTiO

अवतार

समकालीन हिंदी कथा एवं लघुकथा संग्रह

लेखक : प्रशांत
आवरण चित्र : प्रभाकर कुमार
आंतरिक रेखाचित्र : प्रशांत

अक्षर योजना एवं आंतरिक सज्जा :
अभिषेक श्रीवास्तव
abhishek_sri11@yahoo.co.in

प्रथम संस्करण : मई 2018
© प्रशांत
सर्वाधिकार सुरक्षित

ISBN - 978-81-937724-0-9

प्रकाशक : कॉग्निशो पब्लिर्शस
आशालय, सिंधुआटोली, बेलवरगंज
पटना— 800007
ashalaya@icloud.com

• • • • •

समर्पण

मेरे साहित्य एवं कला–प्रेमी पिता स्व० श्री लक्ष्मण दास (1934-1993)
की विद्वता और वात्सल्य को समर्पित

प्रकाशकीय

दशकों विदेश में गुजारने वाले प्रशांत जी की कहानियों के सारे पात्र भारत के विभिन्न प्रांतों के खाँटी किस्म के निवासी हैं। जहाँ ये सामाजिक विरोधाभासों और छद्मधर्मिता से उद्विग्न हैं वहीं ये अत्यंत सूक्ष्मता से जीवन के संदर्भ की इतनी नाजुक और भीने से लगनेवाले परिवर्तनों को भी पढ़ लेते हैं जो आम आदमी के बस की बात नहीं है। ये छोटी छोटी बातें बहुत लोगों को महत्वहीन लग सकती हैं लेकिन बड़े बड़े सामाजिक उथल पुथल की यही पूर्वसूचक हुआ करतीं हैं। आप गद्य संसार में कदम रखनेवाले इस लेखक को नया कह सकते हैं किंतु इनके लेखन को नहीं जो कि किसी भी पैमाने पर काफी प्रौढ़ है। इनकी कहानियाँ घटनाओं का नहीं बल्कि संदर्भों का ब्यौरा प्रस्तुत करती हैं जो आज के समय में व्यक्ति, समाज और देश के स्तरों पर अत्यंत प्रासंगिक हैं। हर कहानी एक नए आयाम का विश्लेषण करती है और लगभग दो दर्जन कहानियों में कहीं भी कोई बात आपको दुहराई नहीं लगेगी। स्पष्ट है कि इनका चिन्तन चयनात्मक नहीं होकर सर्वग्राही है। वे सारी की सारी चीजें जो आज के भारतीय परिदृष्य में महत्वपूर्ण हैं और जिसपर तुरंत सोचा जाना आवश्यक है वो इनके मानसपटल पर अपना एक निश्चित स्थान बना पाई हैं।

'बाबा जी का ढाबा' में दूसरे को कोसनेवाला आदमी स्वयँ वही काम करने से बाज नहीं आता जिसके लिए उसका दिल किसी को श्रापित कर रहा था। घटना इतनी सहज है कि जो हमारे आपके साथ कई बार घटित हो चुकी होगी लेकिन इस नज़रिये से हमने उसे न देखा होगा। 'दाता' में अपना खून–पसीना बहाकर जीजान से अपने उस परिवार के लिए मवाद बहाते युवक की कहानी है जिसके हर सदस्य को सिर्फ अपने लाभ का उससे नाता है।

कहानी आत्मा को झकझोरने वाली है। 'लोहा और सोना' में एक कम्पनी में कार्यरतकर्मी की कमियों को कोसने की बजाय उसे प्रशिक्षित करने का रास्ता दिखाया गया है। 'संतोष' में अच्छी तनख्वाह पाने वाले एक जोड़े के और भी आगे बढ़ने के असंतोष को उस बेघर, बीमार के संतोष से तुलना की गई है जो मात्र आज की रोटी जुटा लेने के कारण संतुष्ट होकर ईश्वर को धन्यवाद दे रहा है। 'पुरुषत्व' कहानी में लेखक ने पुरुषत्व के उस रूप के छलनी करके रख दिया है जो एक भूखे मासूम बच्चे को लड्डू चुराने के जुर्म में पाशविक व्यवहार करता है। और तो और ऐसे नीच पुरुषत्व से उस किन्नर के अपुरुषत्व को कहीं ऊँचा बताया गया है जो उस बच्चे के जख्मों को पोछता है और केले खाने को देता है। 'ढाइ आखर प्रेमका' में प्रेम और धन के घालमेल को पूरा नंगा किया गया है। 'चक्र' में किसी आपराधिक घटना को बेवजह हिंदू—मुस्लिम का आयाम देने की विद्रूपता को उजागर किया गया है।

'अपराधबोध' में एक शिशु के हृदय में भिखारी के प्रति करुणा को दिखाया गया है। 'अवतार' में ऑनलाइन प्यार के अंजाम को प्रदर्शित किया गया है जहाँ वास्तविक सम्बध से कहीं अधिक आकर्षक आभासी सम्बंध ही लगते हैं। 'चौक' एक चल—वृतांत्मक शैली की कहानी है जिसमें चौक पर होनेवाली तमाम कटु सच्चाइयों का चिट्ठा प्रस्तुत किया गया है। 'विज्ञान और भगवान' आस्था और सत्य की तार्किक पड़ताल करता है एक शत—प्रतिशत दार्शनिक की तरह। 'मानव चरित्र' में लेखक ने ब्राहमणवाद का विरोध करनेवाले के स्वयँ जातीवादी होने की पोल खोल दी। 'सबसे बड़ा शत्रु' में महिला का सबसे बड़ा शत्रु महिला को ही बताया गया है। 'कर्म' में बुरे कर्मों को करने का फल इसी जीवन में मिलते दिखाया गया है। 'चमत्कार' में चुनाव के परिदृष्य में धार्मिक अंधविश्वासों में आये प्रायोजित उछाल को बड़ी सरलता से उद्घाटित किया गया है। 'टैक्सी ड्राइवर' में युवावर्ग को एक वृद्ध पुरुष अपने जीवनसाथी के प्रति वास्तविक प्रेम के द्वारा प्रेरित करता दिखता है।

पुनः मैं यह कहे बिना नहीं रह सकता कि लेखक का दृष्यपटल बहुत व्यापक है और वह वैयक्तिक, मनोवैज्ञानिक और सामाजिक धरातलों पर समान अधिकार रखता है। उसकी दृष्टि अत्यंत सूक्ष्म है और वह उन चीजों को भी देख पाने में सक्षम है जिसे एक आम आदमी कम महत्वपूर्ण मानकर छोड़ देता है। कहानियों का आकार बहुत छोटा है लेकिन उनमें गहरी बातों को अत्यंत कुशलतापूर्वक उठा पाना लेखक की प्रवीणता का प्रमाण है। लेखक की भाषा संस्कृतनिष्ठ है जो एक अलग किस्म के शब्द—सौंदर्य की सृष्टि कर रही है। भाषा, विषयवस्तु और शिल्प पर लेखक आद्योपरांत अपनी पकड़ बनाये हुए है और व्यंगात्मक शैली का भी भरपूर प्रयोग किया है जिससे कथाओं की रोचकता में महत्वपूर्ण अभिवृद्धि हुई है। अचल सम्पति वित्तीय प्रबंधन के अंतर्राष्ट्रीय विशेषज्ञ द्वारा अपने देश भारत के समाज में गहरी अंतर्दृष्टि और उसके सफल साहित्यिक निष्पादन को उसके पहले ही प्रयास में देख पाना एक सुखद आश्चर्य है। प्रशांत की कहानियों को दिग्गज आलोचकों द्वारा भी उपेक्षित नहीं किया जा सकता।

हेमंत
29 अप्रैल 2018
''आशालय'', पटना

भूमिका

शहंशाह आलम

आदमी के जीवन का संत्रास व्यक्त करते कथाकार प्रशांत

प्रशांत की लघुकथाओं को पढ़ते हुए मैंने महसूस किया कि उनकी लघुकथाएँ अपने पाठ के समय आपसे एक आपसदारी वाला संवाद स्थापित कर लेती हैं। आपसदारी वाले संवाद का अर्थ यह है कि इन लघुकथाओं को पढ़ते हुए आपको यही लगता है कि ये लघुकथाएँ आपके अपने जीवन का संवाद हैं। आपका जीवन, जो सचमुच में जीने के लिए आसान नहीं रह गया है। प्रशांत आपसे यही कहना चाहते भी हैं पूरी साफगोई से। दरअसल हमारे रोजमर्रा के जीवन में कई अकल्पित भय उभर आते हैं कि हम हमेशा भयभीत ही दिखाई देने लगते हैं। प्रशांत की लघुकथाएँ हमारे उसी भय के बीच से निकलकर आई लघुकथाएँ हैं। प्रशांत का मूल कथ्य (थीम) यही है कि वे जो कुछ अपने आसपास घटते हुए देखते हैं, उनको ही पूरी पारदर्शिता से हमारे लिए प्रकट करते हैं। वे वही देखते हैं, जो आप देख रहे होते हैं। यही वजह है कि प्रशांत की लघुकथाएँ हमारे जीवन की लघुकथाएँ हैं। प्रशांत की लघुकथा 'बाबा जी का ढाबा' के तानाबाना को ही लीजिए। इस लघुकथा का तानाबाना वही है, जो अक्सर अपनी जीवन–यात्राओं में हम देखते रहते हैं ।

प्रशांत की लगभग सारी की सारी लघुकथाएँ आपके, मेरे और इनके–उनके जीवन की ऐसी ही तहों को खोलती जाती हैं। ये वही तहें हैं, जिनको हम सब छिपाकर रखना चाहते हैं। यह सोचकर कि ये तहें खुलेंगी तो हमारे सारे दर्द छलक आएँगे।

मगर प्रशांत चूँकि एक सजग कथाकार हैं, इन तहों में छिपे दर्द को छलकने देते हैं ताकि आपके, मेरे और इनके—उनके दर्द हाशिए से बाहर न रहकर हाशिए पर रहें और दर्द का वाजिब इलाज हो पाए। हर दर्द की चिकित्सा प्रशांत जरूरी मानते हैं। यही वजह है कि आदमी के हर दर्द को लेकर जिरह जरूरी है। प्रशांत की लघुकथाओं की खासियत यही है कि ये लघुकथाएँ जिरह भी करती हैं। जिरह होगी तभी आदमी को दुखों से निकालने का रास्ता नजर आएगा।

प्रशांत की हर लघुकथा चाहे वह 'दाता', 'पुरुषत्व', 'चमत्कार' हो अथवा 'अपराधबोध' हो, 'सबसे बड़ा शत्रु' हो, सारी लघुकथाएँ पूरी ईमानदारी, पूरी सच्चाई और पूरी गहराई से आदमी की दुखती रग पर हाथ रखती हैं। प्रशांत अपनी कथा के पात्रों को बस यूँ ही टहलने—बुलने के लिए आने नहीं देते बल्कि कथा के सारे पात्र अपने कठिन—कठोर जीवन—समय से जूझते और जीतते दिखाई देते हैं। इन लघुकथाओं की सार्थकता इसी बात में है कि आप इन्हें पढ़ते हैं और खुद को बुरे दिनों से मुठभेड़ के लिए बखूबी तैयार भी करते हैं। प्रशांत की लघुकथाओं का लहजा ऐसा है कि आप कोई लघुकथा पढ़ना शुरू करते हैं तो अंत तक आकर ही ठहरते हैं। प्रशांत के यहाँ जीवन को देखने—समझने की जो शैली है, उसमें नवीनता भी है, हार्दिकता भी है और वास्तविकता भी है। इन लघुकथाओं में जो भी घटनाएँ आती हैं, वे सारी घटनाएँ हम सबकी जानी और समझी हुई होती हैं। इस वजह से हम ज्यादा से ज्यादा अपनी जिंदगी का हिस्सा मानकर इन लघुकथाओं को समझने—बूझने का प्रयास करते हैं। इसलिए ये लघुकथाएँ हमारे ज्यादा निकट की लगती हैं।

शहंशाह आलम
प्रकाशन विभाग
बिहार विधान परिषद्
पटना — 800 015 (बिहार)
मोबाइल : 09835417537

भूमिका

मंजीत ठाकुर

"पाठकों के लिए लिखी गयी कहानियाँ, लेखकों के लिए नहीं"

डॉ० प्रशांत दास की कहानियों को पढ़ना ऐसे लगता है कि सोशल मीडिया के आपाधापी के युग में कोई बुजुर्ग दालान पर बिठाकर किस्सा सुना रहा हो। आप इसको कहानियों का क्लीशे कह दें कि दादी–नानियां किस्सों की शुरुआत ही करती थीं, "एक बार की बात है...." से, लेकिन सच यही है कि डॉ० प्रशांत की कहानियां ऐसे ही शुरू होती हैं और अपने छोटे से कथ्य में आपको बड़े कलेवर की तरफ लेकर जाती हैं। डॉ० प्रशांत की कहानियों का फलक वाकई बेहद विस्तृत है।

उनकी कहानियों में वह चीज है जिसे हम किस्सागोई कहते है। यह किस्सागोई आमतौर पर सोशल मीडिया के लिए लिखी कहानियों में लुप्त होता है। लोग लघुकथाओं में एक घटना का ब्योरा लिखकर कहानी मान लेते हैं। मेरा मानना है कि कहानी में एक किस्सा होना चाहिए, कि आप बाद में उसे किसी को सुना सकें। एक विचार होना चाहिए कि आप उस पर बाद में सोच सकें।

डॉ० प्रशांत की कहानियाँ इस पैमाने पर खरी उतरती हैं। शैली उनकी बेहद सरल है। हिंदी के साहित्यकार अमूमन इस बात का रोना रोते हैं कि उनकी किताबें बिकती नहीं है। बिकती इसलिए नहीं क्योंकि आप स्वांतः सुखाय लिखते हैं, अपने सुख के लिए। पाठक के लिए नहीं। डॉ० प्रशांत की कहानियाँ पाठकों के लिए हैं।

आपको डॉ० प्रशांत में कही सुदर्शन दिखेंगे कहीं जैनेंद्र कहीं उनमें झलक उदय प्रकाश की भी है, पर शैली उनकी वही है। वह आपको एक किस्सा सुना रहे होते हैं।

जैसा कि अमूमन आजकल की लघुकथाओं में नहीं होता है पर होना चाहिए कि कहानी में एक शुरुआत, एक मध्य और एक अंत हो, आप डॉ० प्रशांत की कहानियों में मानक कहानी के तीनों कारक मौजूद पाएंगे। वह कैनवस के ऐसे अपूर्व कलाकार की तरह हैं जो ब्रश चलाता है तो उसके स्ट्रोक्स दिखते नहीं है। एक दम सधे कारीगर की तरह एक पेंटिंग शब्दों के जरिए वह उकेर देते है।

उनकी कहानियों में अंत अनप्रेडिक्टेबल है। बहुत ज्यादा बिंब और अलंकार नहीं है. उनकी कहानियां, कहानियां हैं, कविताएं नहीं है। वह कागज पर बनाए रेखाचित्रों सरीखे हैं, सहज हैं, सुगढ़ हैं सुग्राह्य हैं।

डॉ० प्रशांत की कहानियों का नैरेटिव लाइन (कथा–रेखा) किसी अदृश्य धरातल पर नहीं है. न उसमें अवांतर हैं, कथा अप्रत्याशित मोड़ तो लेती है पर ब्लू लाइन बसों की तरह झटके लेकर नहीं रोकती। आप इन लघुकथाओं को समाज के धड़कनों, जिंदगी के चंद टुकड़ों (स्लाइस ऑफ लाइफ) को केंद्र में बनाकर बुनी और रची गई ताकतवर शॉर्ट फिल्मों की तरह मान सकते हैं। कहानियां अपने कथ्य में कहीं ढीली नहीं हैं।

'बाबाजी का ढाबा' में ट्रेन में किसी तरह मिन्नतें और झगड़े करके जगह बनाने वाले हरदीप आगे किसी को बोगी में नहीं चढ़ने देना चाहते, क्या यह किस्सा हम सबके साथ नहीं बीता? क्या हमने खुद ऐसा नहीं किया या और किसी को ऐसा करते नहीं देखा? जाहिर है, डॉ० प्रशांत के पात्र मनोवैज्ञानिक उद्वेगों से चालित अबूझ पात्र नहीं हैं। वह हम सबके बीच का ही किरदार है, हम सबकी ही तरह बरताव करता है।

स्विटजरलैंड की वादियों में रहकर डॉ० प्रशांत जिस तरह बंबई में दिहाड़ी करने वाले मुरारी के घर लौटने पर परिवार के लोगों की उम्मीदों और खुद मुरारी की व्यथा को ढाई सौ शब्दों में बयान कर देते हैं, वह अप्रतिम है। डॉ० प्रशांत की कथा में चमत्कार है उनकी भाषा में नहीं। वह अपनी चमकदार भाषा का ढोल नहीं पीटते बल्कि उसे सहज तरीके से कह जाते हैं।

डॉ० प्रशांत की कहानियों के पात्र अमूमन पूर्वी उत्तर प्रदेश और बिहार के हैं। उनको बधाई कि स्विटजरलैंड की हसीन वादियों में भी उनको अपनी जमीन और उसके मुद्दे याद रहे। उनकी कहानियों में सब कुछ है, सब मुद्दे हैं, बेकारी से लेकर गाय पर मचे बवाल तक. यह कमाल की बात है कि वह एक साथ कई विषयों पर लिखते हैं। कुछ खलता है तो यह कि कोई सॉफ्ट रोमांस वाली कहानी नहीं मिलती जबकि, सोशल मीडिया के लेखक कम से कम इस विषय पर सबसे तेजी से कीबोर्ड चलाते हैं।

ये कहानियाँ अभिव्यक्ति के सहज स्वरूप का चित्रण हैं। यह सहज सरल कहानियाँ आम के मीठे रस नहीं, निबौरियों की तरह तीती–मीठी खुशबू देती हैं। आपने इन्हें नहीं पढ़ा तो समझिए कुछ खास पढ़ने से चूक गए।

मंजीत ठाकुर
10 जून, 2018
नई दिल्ली

सोशल नेटवर्किंग के दौर में हम दूसरों से जितने करीब हैं, उतने ही दूर हैं। व्यस्त हैं, लेकिन चेतना स्थिल होती जा रही है। अपने विचारधारा की रेलगाड़ी के चालक हम स्वयं कहाँ! राजनीतिक प्रोपेगंडा, फेक न्यूज और औद्योगिक विज्ञापन कब हमारी सोच पर पैठ बना जाते हैं, हमें पता भी नहीं चलता। मौलिक सोच विकसित करने की न हमारे पास प्रेरणा रह जाती है न फुर्सत। इस सब के बीच हमारी आत्मा जीवित रहती है। हृदय के किसी कोने में बैठी याद दिलाती है हमारे अस्तित्व की, हमारे वैयक्तिक अनन्यता की।

औद्योगीकरण और अंतरात्मा की पुकार के बीच के कशमकश से जो जना जाए, वह साहित्य है। कविताएं, लेख इस अभिव्यक्ति के सक्षम साधन हैं। लेकिन कहानियों की अपनी ही कोई बात है। कहानियाँ जितनी वास्तविक और सांसारिक होती हैं, इनका सार उतना ही गूढ़ हो सकता है। अंतर्मन की आग को बुझाने की सशक्त माध्यम हैं कहानियाँ।

बस, इसी कशमकश से जूझने के लिए कहानी लिखना शुरू किया मैंने। हर कहानी लिखने के बाद ऐसा लगा कि मन पर रखा कोई बोझ थोड़ा कम हो गया। इनको लिखने में जो जिम्मेदारी की भावना आयी, वह अगर पाठकों तक पहुँच पाए, तो अपने इस छोटे प्रयास को सफल मानूंगा। कुछ कथाओं में कटाक्ष हावी है, कुछ में व्यंग, कुछ में वेदना और कुछ में दर्शन। यह सब कुछ सरल, समकालीन हिंदी में परोसने का एक विनम्र प्रयास है। साहित्य में मेरी पैठ ज्यादा गहरी नहीं है, लेकिन भावनाओं के संप्रेषण का मैंने एक ईमानदार प्रयास किया है। तर्कों और चरित्रों से आप अपने विचार शत–प्रतिशत साझा करें, ऐसी अपेक्षा नयायसंगत नहीं होगी। लेकिन परोसे गए भाव आपके दृष्टिकोण की कसौटी पर कसे जाएँ, अनुकूल य प्रतिकूल दिशा में, तो वह भी इन कथाओं की सफलता का एक मापदंड बनेगा।

हिंदी साहित्य के कारवाँ का नया मुसाफिर हूँ। आपका प्रोत्साहन, आपकी समालोचना और सुझाव बहुमूल्य होंगे। उम्मीद है कि अगले पन्नों का आप आनंद लेंगे।

आपके पत्र–व्यव्हार की प्रतीक्षा रहेगी।
प्रशांत
लौज़ान, स्विट्ज़रलैंड
मार्च, 2018
Email : prashant.pkd@gmail.com

अनुक्रमणिका

बाबा जी का ढाबा

अवतार
समकालीन हिंदी कथा एवं लघुकथा संग्रह—लेखक : प्रशांत

अंबाला कैन्ट स्टेशन पर हर रात की तरह मध्यम भीड़ थी। हड्डियाँ कँपा देने वाली सर्दी थी उस रात। लेकिन इन सब से हरदीप सिंह को क्या! मोटा कच्छा, ऊनी पायजामा और उनके उपर मोटी पतलून। डबल बनियान, उसके ऊपर कुर्ता और लद्दाखी जॉकेट। ठंड का बाप भी कुछ न बिगाड़ पाए उनका। पगड़ी के नीचे एक लंबा मफ्लर ऐसे लपेट रखा था जैसे पिरामिड का कोई ममी हो। चाय वाले से बोले : "भाई पंजाब मेल कब आने की?" चाय वाले को साफ–साफ सुनाई तो नहीं दिया, लेकिन आधी रात गये, इस प्लॅटफॉर्म पर लोग अक्सर यही सवाल पूछते है, यह सोच कर उसने तुरंत जवाब दागा : "राजपुरा से चल चुकी साहब। आधे घंटे में यहाँ पर होनी चाहिए"। "ठीक है, तो दूध–पत्ती बना एक", हरदीप सिंह ने आदेश दिया : बिल्कुल वैसे ही, जैसे एक सरकारी बाबू अपने डिपार्टमेंट के चपरासी को देते हैं।

कुछ देर में जब ट्रेन की सीटी सुनाई दी, तो हरदीप ने चौन की साँस ली। ज्यादा लोग नहीं थे प्लॅटफॉर्म पर। मतलब कि ट्रेन रुकेगी, तो आरानी रो डब्बे में चढ़ने को मिल जाएगा।

लेकिन साहब, ट्रेन आई, और किसी जनरल डब्बे का दरवाजा ही नहीं खुला! दसहरे के मौसम में ऐसा अक्सर होता है। अमृतसर में ही डब्बे भर जाते हैं। आने वाले स्टेशनों से और लोग ना आ जायें, इस जोख़िम को कम करने के लिए सवारी अंदर से चारों दरवाजों की चटखनियाँ लगा लेते हैं।

हरदीप सिंह का गुस्सा बवाल पर था। फिर भी मिन्नते माँगी। पर, किसी ने डब्बे का दरवाजा न खोला। दस मिनट ही तो रुकती है ट्रेन वहाँ पर। दौर कर अगले डब्बे के दरवाजे तक गये। वह भी बंद। कोई समाजशास्त्री वहाँ हो तो उसका दिल पसीज जाए। ऐसे समयों में कितना सामंजस्य बन जाता है नागरिकों में। डब्बे के अंदर कितनी भी डाइवर्सिटी हो, सबकी सोच एक जैसी हो जाती है। डब्बे के अंदर बैठे लोगो के अधिकारों की रक्षा करना सर्वधर्म समभाव का प्रतीक बन जाता है। जब दूसरे डब्बे का दरवाजा भी ना खोला गया, तो हरदीप सिंह गाली गलौज पर उतर आए : "कुत्तों, ये ट्रेन क्या तुम्हारे बाप ने खरीद रखी है जो अंदर से दरवाजा बंद कर लिया है? मेरे पास भी टिकट है! खोल वरना पिछवाड़े में आग लगा दूँगा!"

किसी ने फिर भी ना खोला। भागते हुए उसी डब्बे के दूसरे दरवाजे तक गये। दरवाजे के बगल वाली सीट की खिड़की थोड़ी से खुली थी। एक भाई साहब ने तंबाखू थूकने के लिए अपना मुँह बाहर निकाला ही था कि हरदीप सिंह ने उनकी चोंच पकड़ ली मुट्ठी मे। अगले ही पल उनका हाथ खिड़की के अंदर था और तंबाखू वाले भाई साहब का गला जोर से दबा रहा था। भाई साहब की धर्मपत्नी आतंक से चीख उठी : ''अरे मोनू, बाबूजी की जान चली जाएगी।... जल्दी जा, दरवाजा खोल दे। इस राक्षस को आने दे अंदर।'' मोनू दरवाजे की ओर लपका। दूसरे यात्रियों ने उसे जकड़ने की कोशिश की, मानो मोनू किसी फिदायीन मिशन पर जा रहा हो। लेकिन अपने बाबूजी की जान का मोह था, मोनू ने खुद को छुड़ाया और दरवाजा खोल डाला।

हरदीप सिंह ने तुरंत अपना दाहिना पैर डब्बे में घुसेड़ा ताकि वह बंद ना किया जा सके। प्लॅटफॉर्म से अपना बैग उठाया और खुद को डब्बे में झौंक दिया। उनके पीछे एक और बूढ़े बाबा हो लिए। उनके साथ एक लड़की थी और उसका नवजात शिशु भी। कोई और नहीं था। इतने में ट्रेन चल दी। टाय्लेट के पास ही इन नव–प्रविष्ट यात्रियों ने अपना डेरा डाल दिया। तंबाखू वाले भाईसाहब की पत्नी की तरेरती हुई आँखों का सामना करने की हिम्मत हरदीप सिंह में कहाँ! जो दूसरे लोग थे, उनके चेहरे की भंगिमायें अब लुप्त हो रही थीं। ट्रेन चल चुकी थी, जोखिम ख़तम हो गया था।

आधे घंटे बाद यमुनानगर आया। लेकिन प्लॅटफॉर्म खाली सा था। न कोई ट्रेन से उतरा, न कोई चढ़ा। ट्रेन फिर से मचलती हुई चल दी। इतने में बगल बैठे बाबाजी ने बीड़ी पीना शुरू कर दिया था। धुआँ इतना कि बगल में बैठे चाची से झेला ना गया और उन्होने उल्टी आने की शिकायत कर दी। चाचाजी ने बड़ी मिन्नतें कर खिड़की खुलवाई और एक दरवाजा भी ताकि हवा ताजी हो सके। ठंडी हवा डब्बे में ऐसे घुसने लगी जैसे पुंछ के पहाड़ों में सीमापार से घुसपैठिए आ जाते हैं। हरदीप सिंह को खून जमा देने वाली इस हवा से दिक्कत नहीं थी। लेकिन रुड़की स्टेशन आने वाला था। वहाँ से जनरल डब्बे में काफी जनता चढ़ती है ट्रेन पर, इसका उनको बहुत अंदाजा था। हरदीप सिंह चीखे : ''अरे चाची, रोक ले उल्टी दो मिंट। दरवाजा बंद करणा है हमें। लोग ना चढ़ जाएँगे !?!...

ऐसा लगता है ये ट्रेन ना हुआ, बाबा जी का ढाबा हो गया। सबको इसी पर चढ़ना है," इतना कह कर हरदीप सिंह दरवाजा बंद करने को लपके। ऐसा लगता था मानो सिकंदर की सेना का नेतृत्त्व करने सेलयूकस स्वयं भागा।

***

दाता

मुरारी अभी—अभी घर पहुंचा था। दरवाजा खुला था। छत्तीस घंटे की रेलगाड़ी की सवारी। स्टेशन से गाँव तक मिनी बस की छत का सफर। ऊपर से सड़क से गाँव तक चार मील का पैदल रास्ता। भूख से पेट गुड़गुड़ा रहा था और हाथ थकान से काँप रहे थे। बाउजी खाट पर बैठे आसमान के शून्य को निहार रहे थे। मुरारी ने पीठ से गठरी उतारी और हाथों से अटैची जमीन पर रख कर बाउजी के पैर छुए।

''महीनो पर घर आते हो। हमारी कौन सुध लेगा?'', बाउजी बोलने लगे, ''तीन हफ्ते हो गए, टूटे हुक्के से काम चला रहे हैं हम... तुम्हारी मैया जब से स्वर्ग सिधारी, हम तो जैसे कचरा हो गए हैं। तुम्हारे भाई को नए जूते चाहिए। अब कॉलेज जायेगा छोरा। तुम्हारे बहनोई जी कब से टीवी की चाहत लिए बैठे हैं। कौन खरीदेगा? कई—कई दिनों में एक बार फोन करते हो। आखिर बम्बईया इंसान गाँव वालों से मतलब क्यों रखे भला...''

मुरारी ने कुछ न कहा। अपने कमरे की और बढ़ा। मंगली वही बैठी सिसक रही थी। ''ललुवा कितने दिनों से खीर मांग रहा है। न घर में काजू है न बादाम। दशहरे के मेले में जाने की जिद कर रहा था। मेरे पास उसको देने के लिए पचास रुपये नहीं थे। सरिता के गौने में फिर वही पुरानी साड़ी पहन कर जाना पड़ा। और एक तुम वहाँ बम्बई के मजे ले रहे हो...''

''ललुवा, ए ललुवा'', मुरारी खिड़की से मुँह बाहर निकाल कर चिल्लाया, जैसे मंगली ने कुछ कहा ही न हो : ''अरे घर तो आ, पापा आ गए बम्बई से''। ललुवा छर्रे खेलने में मगन रहा जैसे पापा ने कुछ कहा ही न हो।

मुरारी से न खड़ा हुआ जा रहा था, न बैठा। जमीन पर पड़ी चटाई पर गिर कर पसर गया। कब नींद आ गयी पता भी न चला। थोड़ी देर बाद मंगली ने चाय के लिए जगाना चाहा। लेकिन मुरारी बस नींद में बुदबुदाता रहा : ''नहीं मालिक, आज भर दिहाड़ी कर लेने दो''। मंगली को कुछ समझ न आया। इतने में मोबाइल फोन बज उठा। पड़ोस के कासिम भाई का फोन था। वही तो मुरारी को अपने साथ काम दिलाने बम्बई ले गए थे। जब सुना कि मुरारी सो रहा है, तो मंगली को ही बताने लगे : ''भाभी, ठेकेदार साहब पूछ रहे थे कि मुरारी ने जो एडवांस में पगार ली थी वो कब तक वापस करेगा? जब से उसने अपने पैरों पर ईंटों का कराहा गिरा दिया, ठेकेदार साहब उस से नाराज़ से रहने लगे हैं। कह रहे थे कि अगर ये काम नहीं संभलता तो कही और क्यों नहीं चला जाता... और हाँ। मकान मालिक ने मुरारी के सामान उसके कमरे से फिकवा दिए थे कल... कुछ मैंने संभाल के रख लिए हैं। ईद में आऊंगा तो अपने साथ ले आऊंगा।''

मंगली ने मुरारी के पैर से जूता उतारा। नींद में अधमरे—से मुरारी का बदन भी अनायास कराह उठा। जूता नम था, एड़ी के घाव का मवाद बह रहा था।

***

लोहा और सोना

कबीर कुमार उर्फ केके। बेहद साधारण सूरत, औसत कद काठी, गेहुआँ रंग, छरहरा बदन। थोड़ी निकली हुई तोंद, आधा टूटा सामने का कृन्तक दन्त और दाहिनी बांह पर बजरगंबली का टैटू। कौन कह सकता है कि आईआईटी से पढ़े इंजीनियर हैं? रहन–सहन ऐसा कि नगरपालिका का चपरासी भी इनके सामने एक जेंटलमैन दिखता है। टमाटर बेचने वाली अम्मा तो इनको आये दिन फटकार तक लगा देती है जबकि उसके सामने केके अपनी विनम्रता अक्षुण्ण रखते हैं।

केके का निश्चय अडिग है। भले ही सत्तावन इंजीनियर्स और आर्किटेक्ट्स वाले एक सफल कंस्ट्रक्शन कंपनी के मालिक हों, अपने जीवनस्तर का अनावश्यक प्रसार क्यों करना? ''साफ रहते हैं, स्वस्थय खाते हैं और निर्विकार हैं। यही है एलीट जीवन'', अपने आलोचकों का यह कह कर मुँह बंद करते हैं।

जब आईआईटी में दाखिला हुआ तब भी इनका रहन—सहन और इनकी बोल—चाल इतनी ही साधारण थी। केके के पिता हाजीपुर, बिहार में चिनिया केले बेचा करते थे। माँ पड़ोस के कुलीन परिवारों के बर्तन साफ किया करती थी उन दिनों। मितव्ययी होना एक मजबूरी थी, इसलिए धनाढ्य परिवार के सहपाठियों के साथ बूज—पार्टीज में कम जाना होता था। लोगों के उपहास का केके पर असर नहीं पड़ता था। सॉफ्ट—स्किल्स में थोड़े कमजोर थे इसलिए कुछ प्रोफेसर इनको ज्यादा संजीदगी से नहीं लेते थे। खासकर, बंगलौर—में पले बढ़े, सूट—बूट वाले नवयुवक प्रोफ० अहलूवालिया की नजर में केके की बुद्धिजीविता काफी काम थी। आखिर जो इंसान अमरीकन स्वराघात से अंग्रेजी न बोल पाए, हॉलीवुड की फिल्मों को समझ न पाए, वो आईआईटी में कितना मिस—फिट होगा, ऐसी दृढ सोच लेकर प्रोफ० अहलूवालिया ने केके को हमेशा अपनी कक्षाओं में अनुत्तीर्णता के कगार पर रखा। ''व्हाट आ बुलशिट टॉयलेट डिटेल! तुमने कभी आधुनिक टॉयलेट्स दखे भी हैं या नहीं? '',केके की डिजाइन्स पर प्रोफ० साहब के अक्सर ऐसे कमैंट्स आते थे। केके का जवाब? :''नहीं सर, मेरे गाँव में टॉयलेट कहाँ। खेतों से करीबी रिश्ता है।'' आखिर केके जितने विनम्र थे, उतने ही मुंहफट भी। लोग उनको संजीदगी से क्यों नहीं लेते, इसका उनको पूरा ज्ञान था लेकिन अपने हक के लिए लड़ना उनको खूब आता था।

एक वो दिन था और एक आज का दिन है। आईआईटी ने ''एचीवर पूर्व छात्र'' सम्मान देने के लिए केके को विशेष आमंत्रण दिया है। महामहिम राज्यपाल उनको चादर देंगे। शाम हुई। ऑडिटोरियम खचाखच भर गया। संस्थान के डायरेक्टर से लेकर उनके विभाग के सारे प्रोफेसर दर्शक—दीर्घा में बैठे। केके की पत्नी, बिटिया और मास्टरजी भी। प्रोफ० अहलूवालिया का बस चलता तो समारोह में आते ही नहीं।

लेकिन आजकल विभाग के अध्यक्ष जो ठहरे। उनकी उपस्थिति अनिवार्य है। राज्यपाल ने दीप जलाया, सांस्कृतिक कार्यक्रम हुआ, केके को सम्मान प्रदान किया गया, और कुछ भाषण हुए।

अब बारी केके की थी। उनके चेहरे पर शरारत भी था, गर्व भी। रह—रह कर प्रोफ० अहलूवालिया की ओर देख लेते थे। वैसे ही, जैसे जमील मियाँ हलाल करने से पहले अपनी मुर्गियों को देखते हैं। केके के सीढ़ियों पर चढ़ते हर कदम पर प्रोफ० अहलूवालिया की धड़कन तेज हुई जा रही थी। आज भरी महफिल में एक मुँहफट उनकी धज्जियां उड़ा देगा!

‘‘सभी विद्वानों का आभार’’, बिना विशेष औपचारिकता के, केके ने अपनी बात शुरू की। ‘‘मेरी कंपनी की आमदनी का दस प्रतिशत नव—नियुक्तों की ट्रेनिंग में खर्च किया जाता है। हमने इस पहल का नाम रखा है ‘रूपांतर’। एक उदाहरण देता हूँ। पिछले महीने अमरीका से एमबीए कर एक नए युवक ने ज्वाइन किया। फर्राटेदार अंग्रेजी बोलता है, और अच्छे परिवार से आया मालूम पड़ता है। फाइनेंस का अच्छा ज्ञान है, इसलिए हमने भर्ती किया। लेकिन पहले ही दिन से उसने स्वयं को उच्चतर समझना शुरू कर दिया। चपरासी को असम्मान से बुलाता था। किरानी वर्ग को अगर उसका गणित समझ में न आये, तो उनका उपहास भी करता था। ऐसी अनेक शिकायतें आयीं तो मेरे एचआर प्रमुख ने कहा कि उसकी नौकरी स्थायी न करें। लेकिन मेरे हाई स्कूल के मास्टरजी की बात याद आ गयी। मास्टरजी — जो आज दर्शक दीर्घा में बैठे हैं— ने कहा था : ‘शिक्षा का काम है लोहे को सोना बनाना। सोने को सोना बनाया तो क्या किया?’ हम ने सोचा : इस युवक में गुण है। मानवीयता की शिक्षा ले तो अच्छा मैनेजर निखर कर आ सकता है। इसलिए मैंने निर्णय लिया, कि ‘रूपांतर’ पहल के तहत उस युवक को सामाजिकता और संघ—भावना पर प्रशिक्षण दिया जाये... आईआईटी का मैं आभारी हूँ जो मेरे जैसे देहाती इंसान को अपना करियर बनाने का साधन दिया। यहाँ पढ़ कर मैंने सीखा कि समाज के विकास की सड़कों पर जो गड्ढे हैं, वो कितने अप्रिय हो सकते हैं। दुनिया से मैंने सीखा, कि इन गड्ढों की वजह से सड़कों को त्याग नहीं देते। उन्हें भर दें तो उन पर भी विदेशी गाड़ियां दौड़ सकती हैं... मेरे गुरुओं को सलाम।’’

इतना कह कर केके ने अपने मास्टरजी को स्टेज पर बुलाया और साष्टांग प्रणाम किया। दर्शक खड़े हो गए। देर तक खड़े हो कर लोगों ने तालियां बजायी। प्रोफ० अहलूवालिया ने भी।

***

संतोष

दोनो रात के अंधेरे में ट्रेन से उतर कर शहर के बीचोंबीच स्थित अपने अपार्टमेंट की ओर पैदल चल रहे थे। पूरे स्टेशन पर कोई और नहीं दिखा। पुलिसवाला भी नहीं । ज्यादातर रिहायशी इलाके शहर से दूर हैं। काम–काजी जनता के चले जाने के बाद कार्यालय, दुकाने और रेस्टोरेंट बंद हैं। शाम ढलने के बाद ऐसे अमरीकी इलाकों में अपराध बढ जाने की खबरें किसे नहीं पता– छीनाझपटी, छेढ़खानी, हत्या और न जाने क्या–क्या।

मुंबई में पले–बढे निशांत और सुलेखा ने कभी इतनी सर्दी भी नहीं देखी थी। आसमान से बर्फ ऐसे टपक रहा था जैसे किसी बड़े ट्रक से सफेद धूल अनलोड किया जा रहा हों। साँय–साँय बहती हवा तीरों की तरह बदन में चुभ रही थी। ऊपर से, रात के अंधेरे का वीरानापन। जितनी जल्दी घर पहुंच जाएं उतना अच्छा।

थोड़ी दूर में उनको अपनी इमारत दिखने लगी। लेकिन अब भी करीब दस मिनट का पैदल रास्ता बचा था। माहौल की संजीदगी को कम करने के लिए निशांत ने बातचीत शुरू की, "इस दुनिया में न्याय भी कम है, और संतुलन भी मुझे तो ऐसा लगता है कि हमारे साथ कुछ ज्यादा ही अन्याय होता रहा है। तुम्हें अपनी योझता से कम की नौकरी मिली। मुझे सालों से प्रोमोशन नहीं मिला।" सुलेखा ने भी सहभागिता दिखलाई, "ऊपर से, हमने इतने पैसे जमा नहीं किये अब तक कि हवाई द्वीप का सपना पूरा... कर..." सुलेखा एकाएक इतने सकते में आ गई कि आखिरी के शब्द निगलने पड़े।

सामने, करीब पंद्रह फीट की दूरी पर जो दुकान का प्रवेश है उसकी ओट में कोई था। इतने अंधेरे में, इतने वीराने में कोई वहाँ किस प्रयोजन से खड़ा होगा, इसका अनुमान लगाना मुश्किल नहीं। दोनो बिदके। लेकिन घर तक जाने का यही एक रास्ता था। ऊपर से इतने कड़ाके की ठंड में कहीं और जाएँ भी तो कहाँ। आज उनका अंजाम क्या होने वाला है यह सोचकर निशांत बड़बड़ाने लगा – "अब यही सब होना रह गया था हमारे जीवन में। मेरा तो भगवान से विश्वास उठता जा रहा है।" सुलेखा ने कस कर निशांत की हथेली पकड़ी। निशांत ने उसे अपने नजदीक, पर दुकान के परे ओर खींच लिया। फिर दोनों हिम्मत जुटाकर सावधानी से आगे बढ़ने लगे। और कोई चारा नहीं था।

जब दुकान के करीब पहुंचे तो देखा फटे कपड़ों की तहों में लिपटा, अधेढ़ उम्र का एक श्यामवर्ण इंसान वहाँ खड़ा, चीथड़ों से अपना बिस्तर बना रहा था।

अपने गले में लटके छोटे सलीब को चूमता हुआ, साफ अंग्रेजी में बोलने लगा– "हे ईश्वर, मेरे पाप क्षमा कर। आज की रोटी के लिए शुक्रिया। "अब तक दोनो उस ओट के ठीक सामने थे। उस व्यक्ति ने भी यह भाँप लिया था। सर उठा कर उन दोनो से आँखें मिलाई, और नमस्ते में सर हिलाया, मानो आश्वासन दे रहा हो कि उससे डरने की जरुरत नहीं। घनी जटाओं, धूसरित दाढ़ी और बहती नाक के बावजूद, उसके हाव–भाव में संतोष था। वह बेघर इंसान खुश था।

***

पुरुषत्व

नदी के किनारे का माहौल सात्त्विक हो रहा था। मंदिर से वैदिक मंत्रोच्चारण की आवाजें आ रही थीं। दूर कोई केवट अपने नौका की पाल घुमा रहा था। हवा के झोंकों के साथ उसके गुनगुनाने की आवाज तट तक आ रही थी। मंद–मंद बहती हवा में दरियाँ बिछाई जा रहीं थीं। महिलाएं नैवेद्य झोलों से निकाल कर थालियों में परोस रही थीं। पुरुष झाड़ू से पूजा स्थल को साफ कर रहे थे। नन्हें बच्चों का समूह चूजों की तरह चहचहा रहा था, छलांगें लगा कर।

सिन्हा परिवार के सदस्य हर साल इसी तरह वसंत ऋतु में अपने पुरखों के लिए पिंड दान करते हैं। देश–विदेश से परिवार इकट्ठा होता है। नदी तट पर ही विशाल ब्राह्मण–भोज करवाया जाता है। ''हम कर्मकांड में विश्वास करें या नहीं, कम–से–कम इस बहाने थोड़ी समाज सेवा तो हो जाती है'', ऐसा परिवार के मुखिया हरदेव सिन्हा का मानना था। हरदेव बाबू की कद–काठी को देखकर यह अंदाजा नहीं लगाया जा सकता कि किसी कचहरी में पेशकार का काम करते रहे होंगे। चौड़ी छाती, लम्बा कद, घने काले केश और कर्नलों के जैसी, कड़क, काली, क्षैतिज मूंछें। पुरुषत्व की पराकाष्ठा कह लें। पूजा की व्यवस्था के अधीक्षण के साथ साथ, बच्चों पर भी निगरानी कर रहे थे। पास की झोपड़ियों में किन्नर रहते हैं। सिन्हा परिवार चिंतित रहता है : जाने कितने बच्चों को अगवा करके किन्नर बनाया उन्होंने। पुलिस को भी हिम्मत नहीं कि इनको वश में कर पाएँ।

पूजा शुरू हुई। हवन हुआ। सूरज की रौशनी में चमक रहे लाल–लाल मोतीचूर के लड्डू और शुद्ध देसी घी में छनी कचौरियों की खुशबू से एक बच्चा उनकी ओर खिंचा चला आ रहा था। कोई चार वर्ष का रहा होगा। गन्दा, फटे कपड़ों में लिपटा। नाक बह रही थी, आँखों में कीचड़ था। पर हरदेव बाबू को नदी–किनारे के अवारों बच्चो की फितरत खूब पता है। मौका मिलते ही गंदे हाथ नैवेद्य में घुसेड़ देते है ये लोग। प्रसाद सिर्फ चुराते ही नहीं, उत्पात भी मचाते हैं।

''चल भाग यहाँ से'', आँखें तरेरते हुए हरदेव बाबू ने बच्चे को भगाया। वो दहशत में दूर भाग कर मंदिर की सीढ़ियों पर बैठ गया।

थोड़ी देर में खिसकता हुआ, फिर से लड्डुओं की थाली के पास देखा गया। हरदेव बाबू डंडा लेकर उसके पीछे भागे। इस बार देर तक भागता रहा, जब तक नजरों से ओझल न हो गया। हरदेव बाबू ने चौन की साँस ली।

इसी बीच आरती शुरू हो गयी। सभी खड़े हो गए। अग्नि को फिराया गया। उसमे पंडित जी के लिए सिक्के डाले गए।

अब ब्राह्मण–भोज का समय हो गया था और लोग तैयारी में जुटने लगे थे। हरदेव बाबू को थालों की खन–खन सुनाई दी। देखा वही छोरा लड्डुओं पर हाथ मार रहा था उनकी ही नाक के नीचे। हरदेव बाबू का गुस्सा सातवें आसमान पर आ गया। बच्चे का कालर पकड़ा और हवा में उठाये हुए ही गाल पर दो थप्पड़ जड़ दिए। बच्चा रोया नहीं, बल्कि सिन्हा जी को आँखें दिखाने लगा। इस चोर की इतनी हिम्मत! हरदेव बाबू ने उसे जमीन पर पटका। उसके बाद, जैसे कुदाल को ईंटों के नीचे फंसाते हैं, वैसे ही अपनी एड़ी बच्चे के नीचे खिसकायी और फुटबॉल की तरह उसको उछाल डाला। चार फीट दूर गिरा वह बच्चा। उस चोर को सबक मिल गयी थी, चोरी की। यह सब देख कर सिन्हा परिवार के हम–उम्र, स्तब्ध बच्चे पानी में खड़े–खड़े आतंकित हो गए।

इधर हरदेव बाबू भोज की तैयारी में जुट गए, उधर वह बच्चा सुबकता हुआ किन्नरों की झोपड़ियों की ओर रेंगने लगा। एक किन्नर यह सब देख रहा था। बच्चे की ओर दौड़ा। आवेश में बच्चे को गोद में उठाया। उसके आँसू पोंछे। नदी के पास ले जाकर उसका चेहरा धोया और बच्चे को अपने हाथों से केला खिलाने लगा। बच्चा मुस्कुराने लगा और खुशी से गोद में बैठे–बैठे अपने पैर हिलाता हुआ केला खाने लगा।

सिन्हा परिवार के बच्चे पुरुषत्व और मानवीयता का भेद तो नहीं जानते थे, लेकिन प्रेम के ढाई आखर की सुंदरता उनको दिख रही थी। क्या किन्नरों की बस्ती से उनको कभी कोई डर लगेगा?

***

ढाई आखर का बोझ

लोगों का कहना है कि परदूम की जिंदगी में कोई बैजंती हुआ करती थी। हाई स्कूल के दिनों में दोनो ने घर से भाग कर शादी कर ली थी। कुछ महीनों तक पड़ोस के कस्बे में रहे। परदूम ने पावरोटी के कारखाने में नौकरी ले ली। बैजंती ने गृहस्थी में मन लगाने की नाकाम कोशिशें कीं।

लेकिन एक सुबह जब परदूम बाबू खेत से निवृत्त होकर घर आए तो देखा अनर्थ हो गया था। शायद लुटेरे आए थे। दुखी, घबराये परदूम ने फौरन थाने पर रपट लिखवाया : रुपये, जेवर चोरी। पत्नी अगवा।

उसी रात किसी और ने यह भी रपट लिखवाई कि परदूम का पड़ौसी रामधन —हाँ वही जिसकी मिठुन—दा जैसी जुल्फें थीं और बाद में रामलीला के विभीषण के विग जैसी दिखने लगी थीं— बारह हजार रूपये लेकर रातोंरात गायब हो गया।

अपनी बैजंती के वियोग में परदूम दीवाने फिरते रहे। महीनों तक उसकी कोई ख़बर न लगी तो शहर जाकर नौकरी ले ली। लेकिन बैजंती की याद उनको वैसे सताती जैसे चकई के इंतजार में डाली पर बैठे चकवे को सताती है। वापस गाँव आकर सरकारी डिसपैंसरी में स्वीपर की नौकरी ले ली। उम्र? यही कोई पैंतालीस साल। बालकथाओं में कोई चित्रकार किसी टिड्डे की जैसी तस्वीर खींचे, समझ लीजै, वैसा ही शरीर। हाँ, मिजाज के शौकीन। आँखों में सूरमा, सर पर बादाम का तेल, छींटदार बुश्शर्ट और आँखों पर निरंतर लटका नीला गॉगल्स। यह अलग बात है कि वह गॉगल्स बुध बाजार के लेडीज श्रृंगार वाली दुकान से लिये थे। कितने भी रंगीन मिजाज हों, न किसी पराई औरत को आंख उठाकर देखा, न कभी दारू पी।

लेकिन, आज तो, भई, कमाल हो गया। गाँव में एक बारात आई थी। शर्मीले माने जाने वाले परदूम आज बारातियों के साथ नाचते देखे गये। बाराती ज्यादातर उम्रदराज थे, शायद इसीलिये एक नाचनवाले को लेकर — अजनबी ही सही— थोड़ा उत्साह पनपा। अब तक रूठे हुए फूफाजी एकाएक अपना मफलर खींचकर दूल्हे के रिक्शे के आगे कूद पड़े, रोमन ग्लेडियेटर की तरह। अगल—बगल के बैंड वाले लड़के, जिनके सरों पर पेट्रोमैक्स के लालटेन रखे थे, वो ऐसे बिदके मानो गायों की झुंड में किसी साँढ़ ने छलांग लगा दी हो। अपना जलवा दिखाने को दूल्हे का मन भी मचल उठा। लेकिन दूल्हेराजा के रिक्शे पर जो थर्मोकॉल के दो घोड़े बने थे, उनकी बाँस वाली पूँछ तले उनकी एक टांग फंसी हुई थी। उधर, जैसे डी—डी—एल—जे में शाहरूख खान बर्फ पर फिसलते हुए, घुटनो के बल काजोल के सामने नाचे थे, फूफाजी बिल्कुल वैसे ही परदूम के सामने अपने हाथों में मफलर लहराने लगे। फिर नागिन डांस शुरू हुआ।

कितनी लचक है परधूम के बदन मे, कितना दर्द है उसके ज़मीन पर लोटती करवटों में। कसम से, श्रीदेवी की आत्मा भी शरमा जाए।

एकाएक परदूम ने एक महिला की बाँह खींच ली। कुछ बाराती, जो अब तक नशे में धुत्त थे वह भी सकते में आ गये। ऐसी धृष्टता?!

उधर, सरातियों के लिए यह सब पहेली जैसा लग रहा था। परदूम ने दारू तो नहीं पी थी। फिर माज़रा क्या है? आज तो परदूम की अकल ठिकाने लगवा दे यह औरत।

लेकिन उस महिला ने कोई शोर न मचाया। चुपचाप नाचने लगी। मामला रफादफा हो गया। बारात मंडप पर पहुंची। जनता विधि–विधान में लग गई।

हालाँकि, अब परदूम और वह महिला, दोनों गायब थे। किसी को क्या मतलब। कुछ देर में दोनो गेहूँ के मचान पर बैठे मिले। फुसफुसाती आवाजों में बातें चल रहीं थीं

परदूम : "बैजंती, मैं तुम्हे दूर से ही पहचान गया था। कह दो कि तुम मेरे
        लिये वापस आई हो"
बैजंती : "और नहीं तो क्या?"
परदूम : "ओ बैजंती, माई लव! मैं तुम्हारे बिना जीकर भी जिंदा नहीं।
        कितना ढूंढ़ा तुम्हें। किसके साथ आई हो आज? कोई ज़बर तो
        न कर रहा तुम्हारे साथ?"
बैजंती : "अकेली हूँ, आजाद हूँ, तुम्हारी हूँ।"
परदूम : "आह, दिल धड़क उठा तुम्हारे मुँह से यह सुनकर। कहाँ चली
        गई थीं मुझे छोड़कर?"
बैजंती : "सच कहूँ तो तुम्हारे साथ खुश थी। लेकिन पड़ोस के रामधन
        के सपने ज्यादा रंगीन लगे। जानती हूँ, तुम्हारा दिल दुखा था,
        लेकिन उसी के साथ हिसार भाग गई थी।"

इतना सुनते ही परदूम का मन उद्वेलित हो उठा। जवानी का खून होता तो अब तक पास के सारे मटके फूट उठते। लेकिन बैजंती से पुनर्मिलन का उत्साह ही कुछ और था। उसकी तालाश आज ख़तम हो गई थी।

बैजंती का प्रेम सच्चा था , तभी तो अपने सच्चे प्रेम के पास वापस आ गई। सुबह का भूला अगर शाम को घर लौट आए तो उसे भूला कब कहते है!

परदूम : "मेरी जान, तो तुम सीधे ही क्यों न आ गई मुझ तक? इस
         बारात का इंतजार क्यों?"
बैजंती : "अकेले आ जाती तो कितना तमाशा होता! ऊपर से, अगर तुम न
         अपनाओ तो कम—से—कम साथ वापस जाने वाले बाराती तो
         मिलें। तुम्हारा इनकार कैसे झेल पाती मैं?"
परदूम : "ऐसा कह दिल क्यों दुखाती हो? मेरा सबकुछ तुम्हारा है। तुम मुझे
         अपनी पूरी कहानी तो बताओ।"
बैजंती : "अब मुझे ठहरा घूमने—फिरने का शौक। मुआ रामधन रखता तो अच्छे
         से था, लेकिन देर रात तक काम में लगा रहता था। उसका
         मकानमालिक ही मुझे घुमाता था पूरे दिन। यह रामधन से झेला न
         गया इसलिए वह नहर में कूद गया। उधर, मकानमालिक की बीवी
         बड़ी डायन थी, इसलिए वह मुझे भगाकर जलंधर ले गया।
         अब उतनी उम्र के इंसान के साथ मेरी कब तक बननी थी! ऊपर से,
         उसकी चाहत होने लगी कि मैं घर पर बैठी रहूं, चौका बर्तन करूं।
         मैं ठहरी आजाद पंछी।
         किस्मत से, उसके भतीजे सुरेश में ऐसी कोई सोच न
         थी। सुरेश पढाई करने चंढीगढ़ गया, तो मैं भी उसके साथ हो
         ली। कई साल तक बड़े शहर के मज़े लिए। लेकिन पिछले
         महीने पता चला कि उसके बाप का गिट्टी का कारखाना बंद हो गया
         है। सुरेश तो बाप के पैसे पर ही था अब तक। नालायक!
         अब कंगाली में तो जिंदगी कटे तो कैसे!? ... मैंने सोचा
         अपने असल प्रियतम के पास ही सच्ची जिंदगी है। बताओ,
         तुम्हारी नौकरी तो ठीक—ठाक चल रही है न, परदूम?"

अगहन की रात में परदूम के पसीने छूट गये। एक अजगर के मुंह में छुछूंदर आ जाये, तो न निगलते बनता है, न उगलते।

***

चक्र

बड़ी बदबू आ रही थी, नाले से शायद। जाँघ में ऐसा लगता था मानो किसी ने भाला घुसेड़ दिया हो। साँसों में अपने ही लहू का गंध था। गालों पर अलकतरे के कण चिपके थे और दोनो हाथों की उंगलियाँ सुन्न पड़ी थी : लथपथ, कत्थई! रमेश को शायद अब होश आ रहा था। उसने जरा उठने की कोशिश की तो पता चला सर पर भारी चोट लगी है। किसी तरह रेंगता हुआ किनारे पड़ी रेड़ी के चक्कों तक गया और एक के सहारे बैठ गया। मानव शरीर! चेतना का थोड़ा सामंजस्य बढ़ा तो यथार्थ का पता चला : उसकी अपनी रेड़ी उल्टी थी। सारे सेब और संतरे सड़क पर बिखरे पड़े थे। ऐसा लगा मानो साढ़े छः हजार रुपये का माल बस हवा में उड़ गया।

पुलिस वाले नोट्स ले रहे थे। सफेद खादी कुर्ते पहने कुछ नौजवान अकड़ के साथ दूर जाते दिख रहे थे। उनके हाथों में डंडे थे। सब के माथे पर एक ही रंग की पट्टियाँ बँधी थी। किसी ने न रोका न अनभ्यस्त नजरें दीं। जो भीड़ इकट्ठी हुई वो रमेश को ऐसे देख रही थी जैसे चिड़ियाघर का कोई विदेशी पशु हो। लेकिन हवलदार के चेहरे पर थोड़ी करुणा थी। धीमी आवाज में कह रहा था : "तुम भैया लोग क्यों करते हो ऐसा? अपने गाँव में रहने का। वही रोजगार ढूँढने का। शान से।"

एंबुलेंस आया। सरकारी अस्पताल में मरहम–पट्टी हुई। शाम तक रमेश अपनी झोपरपट्टी के घर में था।

आज आजमगढ़ में उसके तहसील से चिट्ठी आई थी। पड़ोसी मोईज, जो अब तक रमेश की देखभाल में लगा था, ने पढ़ कर सुनाया : "रमेश, सबूतों के अभाव में तुम्हारे ऊपर लगा केस खारिज कर दिया गया है। नेताजी का बड़ा एहसान रहा तुम पर। दरअसल जिस ट्रक ड्राइवर पर हमला हुआ था वो हिंदू ही था। वेट्नॅरी डॉक्टर के पास ले जा रहा था गायें। नेताजी ने आपसी–मतभेद का मामला बता कर रफा–दफा करवा दिया मामला। तुम झूठ–मूठ ही गाँव छोड़ कर चले गये। वापस आ जाओ। वैसे भी तब से पाकिस्तानियों की बस्ती में दहशत का माहौल है। हमारा मिशन सफल ही रहा समझो। –तुम्हारा देशभक्त मित्र फलगु"।

कमरे में नीरवता बढ़ गयी। मोईज की आँखें रमेश के चेहरे पर टिक गयीं थी। मोईज के चेहरे पर जो भावना थी, रमेश उसे कोई नाम नहीं दे पाया।

***

अपराधबोध

"मनसुख, आज मन बड़ा भारी हुआ जा रहा है। मनु ने बड़ा तमाशा बनाया। हम उसको ज्यादा समय नहीं दे पाते। नासमझ होता जा रहा है", काँपती आवाज में ऋचा फोन पर बोली। मनसुख पटेल ने सरकारी बाबुओं के साथ अभी–अभी मीटिंग खतम की थी। खुश थे। दफ्तर के केबिन से बाहर समंदर की लहरों का मजा ले रहे थे जब ऋचा का फोन आया। थोड़े घबराये। पूछा : "क्यों क्या हुआ? आज तो तुम फ्रेंच की क्लास लेने गयीं थीं। मनु लूसी के साथ रहा होगा न?"

ऋचा : ''हाँ, लूसी ने बताया सब कुछ। आज मनु को मेले में ले गयी थी। इतना उद्वेग मैंने उसकी बातों में पहले कभी नहीं देखा। मुझे उसकी भाषा पूरी—पूरी समझ में तो न आयी, लेकिन उसके इशारों से इतना पता चला की मनु ने कोई हंगामा खड़ा किया मेले में।''

मनसुख : ''हुआ क्या?''

ऋचा : ''पूरी भीड़ में मनु उसका हाथ छुड़ाकर कहीं भाग गया। जब वो ढूंढती हुई पास पहुँची तो शायद मनु किसी अनजाने इंसान के साथ बातें कर रहा था। फिर किसी भिखारी से खाना मांगने लगा। पता नहीं क्या खाया उसने, कि उसके पेट में दर्द उठा। इतना तमाशा बनाया मनु ने कि भीड़ जमा हो गयी। लोग उसकी तस्वीर और वीडियो तक लेने लगे। हे भगवान! विश्वास नहीं हो रहा इसकी हरकतों पर!''

मनसुख : ''ओह्ह, मैं ड्राइवर को बुलाता हूँ। अभी आता हूँ। लूसी को रोक कर रखना ताकि मुझे सबकुछ विस्तार से समझाए।''

ऋचा : ''मन दुखी हुआ जा रहा है। क्या हमारा बच्चा नासमझ बन जायेगा? क्या उसको दुनियादारी सिखाने की फुर्सत हमें कभी नहीं मिलेगी?''

मनसुख पटेल के चाचाजी ने दशकों से पूर्वी अफ्रीका के देशों में अपना व्यावसायिक साम्राज्य बना रखा था। पश्चिमी अफ्रीका के देश कैमरून में भी व्यवसाय बढ़ाने की इच्छा थी। लेकिन वहाँ के व्यवसाई फ्रेंच बोलते हैं, इसलिए कुछ कर न पाए। हाल ही में मनसुख ने फ्रेंच भाषा सीखी। सूरत में पारिवारिक व्यवसाय का अनुभव तो था ही। जाहिर है, उसके चाचा ने कैमरून के समुद्र—तटीय शहर दोआला में मनसुख को ब्रांच मैनेजर बना कर भेजा। साथ में पत्नी ऋचा और साढ़े—तीन वर्षीय बेटा मनु भी आया। ऋचा को लगा कि स्थानीय भाषा सीखना जरूरी है, तो फ्रेंच की कक्षाएं लेनी शुरू की। आये दिन एक स्थानीय जरूरतमंद महिला लूसी के पास मनु को छोड़ जाती थी। पगार पर ही सही, लेकिन लूसी बच्चे का अच्छा ख्याल रखती थी। लेकिन ऋचा ने यह नहीं सोचा कि इन सब का मनु के व्यक्तित्व पर नकारात्मक असर भी पड़ सकता है।

पंद्रह मिनट में मनसुख पटेल घर पर थे। न कपडे बदले न रोज की तरह चाय माँगी। सीधा लूसी के पास गए और फ्रेंच में पूछा कि आज क्या तमाशा हुआ। दोनों का वार्तालाप कुछ ही मिनटों तक चला। व्यग्र नयनों से ऋचा उनको घूरती रही। बच्चे को समय नहीं दे पा रही, इसका अपराधबोध बहुत था उसके मन में। आखिर में मनसुख मुस्कुराये और बोल पड़े– ''अरे साहिबा! आज कुछ बुरा नहीं हुआ। बहुत सुन्दर हुआ।

तुमने आधी–अधूरी कहानी सुनी और व्याकुल हो गयीं।'' ऋचा को थोड़ी राहत तो हुई, लेकिन व्यग्रता कम न हुई। जितने क्रोध से मनु को देख रही थी, हाँ उसमें थोड़ी नरमी आयी। बोली : ''जल्दी बताओ ।''

मनसुख : ''दरअसल, मेले में एक भिखारी बैठा था। उसने लूसी से भीख माँगी। लूसी ने मना कर दिया और आगे बढ़ गयी। हमारे साहबजादे से यह देखा नहीं गया। लूसी का हाथ छुड़ाकर वापस भिखारी की और भागे। अपने पॉकेट से झुनझुना निकाला और उस भिखारी को देने लगा। भिखारी से बोला– 'मेरे पास न पैसे हैं न खाने का सामान है, यह झुनझुना तुम ले लो।' जब भिखारी ने विस्मय से उसको देखा, तो लूसी को मनु ने समझाया कि इस महाशय को पेट में दर्द है। इसी कुछ खाने को देदो। लूसी का भी दिल पसीज गया, इसलिए उसने दो डॉ०लर भिखारी को थमा दिए। आस–पास के बहुत सारे लोग यह सब देख रहे थे। उन्होंने तालियां बजायीं, मनु का वीडियो खींचा और उसके साथ तस्वीरें लीं... यह है कहानी। तुम खामख्वाह परेशान हो रही हो।''

ऋचा ने भोले मनु को देखा। उसका सारा गुस्सा छूमंतर हो कर प्रेम में बदल गया। मनसुख पटेल और लूसी के चेहरे पर गर्व था। मनु के हाव–भाव से ऐसा कुछ नहीं लगा कि उसने कुछ असामान्य किया हो।

***

अवतार

वास्तविकता से तन्द्रा टूटी तो रूमा ने ऑनलाइन डेटिंग का सहारा लिया। महीनों तक मैच ढूंढती रही और ट्राइयल्स करती रही। किसी युवक के प्रोफाइल में अतिशयोक्तियों का भण्डार, किसी ने बड़ी जल्दी अतीव कामुक इशारे भेजने शुरु कर दिए, किसी की बातों में गहराई नहीं थी, कोई जातिवादी विचारधारा का निकला, कोई शादी–शुदा था।... ऐसे अनगिनत कारणों से अनगिनत युवको को छोड़ना पड़ा।

आखिरकार प्रतीक सेन से ऑनलाइन मुलाकात हुई। कितना रूमानी व्यक्तित्व! कितना शायराना व्यवहार! उम्र थोड़ी ज्यादा थी। लेकिन अपनी कमजोरियों को लेकर भी उतने ही ईमानदार थे जितने अपनी खूबियो के बारे में। बुद्धि जीविता भी साफ–साफ झलकती थी। सबसे ऊपर, हैंडसम और सुन्दर आवाज के धनी। महीनो तक ऑनलाइन चौटिंग हुई। थोड़ी घनिष्टता और विश्वास बढ़ा तो एक दूसरे से प्रेम का इजहार भी किया। लेकिन अलग–अलग शहरों में रहने के कारण कभी मुलाकात न हो पायी थी।

दोनो घंटों तक एक दूसरे से वीडिया चैट किया करते, रोजाना। मोने, पिकासो से लेकर बड़े गुलाम अली साहब, टैगोर से लेकर रूडयार्ड किपलिंग, सबकी रचनाओ पर गहरी चर्चा होती थी। ज़रा माहौल रूमानी हो जाता तो प्रतीक रूमा की सुंदरता पर एक दो बातें कह देते। या फिर रूमा प्रतीक के चेहरे को निःशब्द निहारती रहती स्क्रीन पर। लेकिन कभी मर्यादा भंग नहीं हुई। क्या केमिस्ट्री थी दोनो में। ऐसा लगता था मानो युगों से बिछड़ा जीवनसाथी मिल गया। ''कैसे संभव है ये... कैसे हो सकती हूँ मैं इतनी भाग्यशाली कि प्रतीक मुझे मिल गये...'' रूमा को वास्तविकता पर विश्वास ही न होता था।

यूँ तो रूमा की उम्र छत्तीस वर्ष थी, लेकिन उसे देख कर बीस–बाईस वर्ष की नवयुवती का आभास होता था। तीखे नैन–नक्श, सुडौल बदन, घनी काली जुल्फें और अच्छा कद। बिना श्रृंगार किये ही काफी आकर्षक दिखती थी।

जब बारहवीं की परीक्षा दे रही थी तो दुर्गापुर में एक पंजाबी सहपाठी लड़के से प्रेम हो गया। लेकिन लड़का फैशन के मामले में एकदम फिसड्डी था। इसलिए लड़के से मुख मोड़ लिया। थोड़ा दिल भारी हुआ, लेकिन जीवन से उम्मीद न टूटी। रूमा स्नातक करने दिल्ली चली गयी। दिल्ली के कैंपस में शैलेश से मुलाकात हुई। शैलेश बुद्धिजीवी किस्म का इंसान था लेकिन रूमा को उसका सिगरेट पीना बिलकुल पसंद नहीं था। शैलेश धूम्रपान छोड़ न पाया। उनका रिश्ता निभ न पाया। कुछ वर्षों में एकाकीपन से ऊब कर, रूमा ने युरोप में मास्टर्स करने का निश्चय किया।

मेधा की बदौलत, एक उच्च स्तरीय बिजनेस स्कूल में दाखिला मिला। पहले सेमेस्टर में ही फ्रेंच युवक फिलीप की ओर आकर्षित हो गयी। दोनों में प्रेम हुआ और घनिष्टता भी। फिलीप को रूमा से प्रेम तो था, साथ भी रहना चाहता था लेकिन विवाह में दिलचस्पी नहीं थी। इसलिए रूमा ने भी दूरी बना ली। अकेलेपन से फिर जीवन में नीरसता आने लगी तो वापस दिल्ली आ गयी। एक थिंक-टैंक के लिए पालिसी-पेपर्स लिखने शुरू कर दिए। महीनो तक अकेलेपन से जूझती रही।

खैर, जो बीत गयी सो बात गयी। आज तो प्रतीक से मुलाक़ात होनी थी। महीनो बाद, आज वो दिन आया। प्रतीक अपनी नौकरी के सिलसिले में दिल्ली आने वाले थे। डिनर के लिए एक वियतनामी रेस्टोरेंट में टेबल बुक करवाया था। सही मायने में पहली मुलाक़ात होनी थी आज। रूमा को अब और अकेलापन नहीं सताएगा शायद।

महीनो बाद रूमा आज ब्यूटी पार्लर गयी। स्लिम-फिट जीन्स और फिटिंग कुर्ता पहना। टॅक्सी की और समय से पंद्रह मिनिट पहले ही रेस्टोरेंट पहुच गयी। काउंटर पर जाकर पूछा : "किसी प्रतीक साहब ने एक टेबल बुक करवाया होगा। किधर है?"

"जी, बायें से तीसरा टेबल। सर आ चुके है और शायद आपके ही इंतजार में बैठे हैं", रिसेप्शनिस्ट ने कहा।

रूमा की धड़कने तेज हो गयीं। नॉर्मल सी पदचाल अपनाने की कोशिश करती हुई टेबल तक पहुँची। सही में, प्रतीक की शकल बिल्कुल वैसी ही थी जैसी ऑनलाइन। दोनो अजनबी की तरह मिले। संकोच के साथ हाथ मिलाया। रूमा ने गले मिलने की एक हल्की कोशिश की लेकिन प्रतीक झिझक से गये। ऐसा लगता था मानो एक दूसरे को जानते ही नहीं । काफी देर तक असहज शांति रही फिर प्रतीक ने स्माल-टॉक शुरू किया। रूमा को रूमानियत का इंतजार था। लेकिन वैसा माहौल कैसे बनाया जाए इसका धुँधला अंदाजा भी नहीं था। प्रतीक के दिल में थिरकने आती सी लग रही थी लेकिंग रूमा के लिए क्लांतिमय था माहौल।

"ऑनलाइन प्रतीक से फ्लर्ट करने का आनंद कुछ और है! ये तो कोई और ही जान पड़ता है। मुझे असली प्रतीक को जीवन साथी बनाना है। उसके अवतार को नहीं । नहीं—नहीं, यह नहीं है मेरे जीवन का राजकुमार", यह सोच कर रूमा ने निर्णय ले लिया : जीवनसाथी की खोज जारी रहेगी।

***

चौक

मैंने बहुत कुछ देखा है। पुराने शहर के बस स्टैंड पर पड़ा रहता हूँ दिन रात। अकेला हूँ लेकिन बेकार नहीं हूँ। दुनिया की खबर रखता हूँ।

हालाँकि अकेलापन मिटाने को आवारा कुत्तो से दोस्ती की थी मैंने। लेकिन मेरे वफादार दोस्त इन गलियों से कम होते जा रहे हैं। हृदय–विदारक होता है उनके मृत अवशेषों को नालियों में फिका देखना : किसी के बारीकी से कटे पैर, किसी के कान। हे ईश्वर! उधर गली के कोने में जो टेक–होम मटन बिरयानी वाला हलवाई है, उसकी दुकान दिन–दूनी, रात–चौगुनी तरक्की कर रही है।

गली के सब्जी वाले से आलू प्याज टमाटर खरीदते देखा है मैंने उन्हें। लेकिन मीट खरीदते नहीं देखा। पता नहीं, तीन बजे सुबह जब मेरी नींद खुलती है तब उनका हलवाई गली के चक्कर क्यों काटता है बड़ा सा झोला हाथ लिए!

मैं ऊँघने लगता हूँ, लेकिन सुबह पाँच बजे फिर से नींद खुल जाती है। पानी का टैंकर आ जाता है खड़खड़ाता हुआ। गर्भवती मायें अपने नवजात शिशुओं को कमर पर लटकाये, बूढ़े बाबा अपनी लाठी के सहारे रेंगते हुए, अपने–अपने हाथों में खाली कनस्तर लिए उत्कंठित निगाहो से भीड़ को देखते है। जवान, दबंग लोग हर सुबह उन्हें भीड़ से बहार धकेल कर अपनी–अपनी बड़ी बाल्टियां भर लेते हैं। सूर्योदय होने पर वह आठ वर्ष का कल्लू मेरे बगल में बैठ कर सड़े हुए लहसुन की कलियों को छीलता है, उनमे से अच्छी कलियाँ चुन कर उन्हें सस्ते दामों में बेचता है। उसके बगल में बैठी बूढी अम्मा, जो पहले गेंदे के फूल बेचती थी, अब भीख मांगती है। दोनों की दोस्ती देखने लायक है। यशोदा और कृष्ण की तरह।

दिन भर यहीं पड़ा–पड़ा दुनिया के तमाशे देखता हूँ। दोपहर में बस्ती का शराबी महेश अपनी बीवी से मारपीट करता है। रोज। उसके बगल में खड़ा हवलदार तरकारी वालों से पैसे वसूलता है। आखिर सब्जी बेचने का लाइसेंस कहा है उनके पास। कल्लू के भाई किशोर ने हवलदार से दोस्ती कर रखी है। हवलदार को रोजाना कुछ कॅश देता है। हालांकि महिलायों का पर्स छीन कर भागने में उसे अभी तक महारथ नहीं मिला। कुछ चिकनी गाड़ियाँ गुजरती है सड़क से : मर्सिडीज, बी०एम०डब्ल्यू० भी। लेकिन इस सड़क से इतनी सरपट निकलती हैं, जैसे कौवों के बीच से राजहंस निकलना चाहे। हालाँकि उनमे से कुछ कारें सामने के खंभे पर शाम में रूकती हैं कभी–कभी।

हर शाम, कॉलेज की कुछ लडकियां सज–धज कर वहीं खड़ी मिलती हैं, अपनी–अपनी ओढ़नी का नकाब लगाए। शायद धूल से परेशानी है उनको। हर शाम, एक नयी कार में किसी भद्रपुरुष के साथ चली जाती हैं। यशोदा–कृष्ण की जोड़ी को जिस दिन थोड़ी कमाई हो जाती है, वो रात में जाकर हलवाई से मटन बिरयानी खरीद कर खाते हैं।

उधर देर रात आमलेट और मिल्कशेक वालों की दुकान खुली रहती है। ठेके पर अच्छी भीड़ जमा होती है। ज्यादातर किशोर युवकों को वहाँ से बोतलें खरीदते देखता हूँ। थोड़ा ऊँघता लगता हूँ और नींद आ जाती है... फिर सुबह के तीन बजे नींद खुलती है।

यही है मेरी रोज की कहानी। महीने–दो महीने में नगरपालिका वाले आकर मुझे खाली कर जाते हैं। एक कचरे के डब्बे के लिए इस से बड़ा आनंद और क्या होगा।

***

विज्ञान और भगवान

डॉ० गुप्ता— शहर के जाने माने डॉ०क्टर, जोन्स हॉपकिंस यूनिवर्सिटी से सर्जरी में पीएचडी और देश के सबसे विख्यात मेडिकल स्कूल में प्राध्यापक। जितने ज्ञानी, उतने ही मताग्रही और विज्ञान के उन्नायक। ''धर्म–कर्म और अंधविश्वास में अंतर नहीं'', इस विषय पर घंटों बोल सकते थे, ठोस उदाहरणों के साथ। उनकी सर्जरी के उपरान्त बच जाने वाले मरीजों के परिजन अगर भगवान् के चमत्कार की बात करें, तो बिफर उठते थे, ''विज्ञान ने बचाया इनको। भगवान् की परिकल्पना अवैज्ञानिक है'', यह उन्हें समझाना पड़ता था।

आज चिकित्सा शोधविधि की कक्षा पढ़ा रहे थे। ''हमारे पेशे में किसी चिकित्सा पद्धति का असर होता है, यह हमें विश्वास के साथ दिखाना पड़ता है। हालांकि, किसी चिकित्सा पद्धति का कोई असर नहीं होता, यह तथ्यों से दिखाना मुश्किल है विज्ञान में'', डॉ० गुप्ता बोले। छात्रों को यह वाक्य गूढ़ लगा, तो आसान शब्दों में समझाया : ''हम यह तो सिद्ध कर सकते हैं कि कोई चीज सच में होती है। बस इतना करना है, कि उस चीज के होने के प्रमाण दिखा दो। लेकिन यह सिद्ध करना मुश्किल है कि कोई खास चीज 'नहीं होती'। छात्रों को फिर भी समझ में न आया, तो डॉ० गुप्ता ने एक उदाहरण दिया : ''एक समय था जब लोग मानते थे कि हंस सफेद होते हैं। हर तरफ सफेद हंस दिख जाते थे। लेकिन इस परिकल्पना के पीछे की असल सोच यह है कि हंस किसी और रंग में पाए नहीं जाते। इसलिए विज्ञान में यह सिद्ध करना लगभग असंभव है कि हंस केवल सफेद होते हैं।''

''सर, लेकिन हंस तो सच में सफेद होते हैं, इस में सिद्ध करने वाली क्या बात है?'' समीर बोल उठा।

डॉ० गुप्ता : ''समीर जी, वैज्ञानिक कहेंगे, कि आपने दुनिया देखी नहीं। या फिर आपके चक्षुओं में वह शक्ति नहीं कि कोई काले रंग का हंस देख पाएं''। कक्षा के छात्र हंस पड़े। डॉ० गुप्ता बोलते रहे : ''दरअसल, वैज्ञानिको को बाद में पता चला कि ऑस्ट्रेलिया के जंगली झीलों में काले हंस भी मिलते हैं। तब, इस परिकल्पना को खारिज कर देना पड़ा कि हंस सफेद ही होते हैं। हंसों का सफेद होना इस परिकल्पना पर आधृत है कि किसी और रंग का हंस होता हो नहीं। क्या पता होता हो? बस हम ने सफल पहल नहीं किया और काले हंस को देखने में हम अक्षम रहे।''

माहौल जरा गंभीर हो गया। समीर बोल पड़ा : ''सर, इतिहास में कई सिद्ध पुरुषों कि चर्चा है जिन्होनें ईश्वर को महसूस किया है। कुछ संतों ने ईश्वर को देखा भी है, ऐसा मानना है। इनमे से कई संतों की विद्वता भी प्रसिद्ध है। तो क्या हम कभी सिद्ध कर पाएंगे की ईश्वर है ही नहीं? क्या ईश्वर के नहीं होने की परिकल्पना भी उतनी ही अवैज्ञानिक नहीं है?''

***

पीपल के पेड़ तले जो चबूतरा है, वहीं पवन फूलवाले की दुकान लगती है। चिप्पियों से जुड़ी पुरानी छतरी तान कर उसके नीचे बोरी बिछा लेने में उसे जो संतोष मिलता है, उसका मुकाबला तो अरबपतियों का गृहप्रवेश भी न कर पाए। मंदिर के सामने की चौक पर न जाने कितने व्यवसाईयों की दुकाने हैं। लेकिन ऑफसीजन में धंधा मंदा है।

सावन के महीने में सारा मार्केट शेयर लखनपुर का शिव मंदिर ले जाता है। मंदिर के अंदर पुजारियों का व्यवसाय भी सुस्त है। दानपेटी के सामने जो बढ़ी दाढ़ीवाले बाबाजी फणी सर्प की तरह खड़े रहते हैं, आजकल उदासीन हैं। नही तो उनकी चौड़ी, पसरी हथेली पूरे अधिकार के साथ दान छिद्र के ऊपर, एकदम सटीक क्षण पर पहुंच जाती है, ताकि लोगों का दान मानव हस्तों को मिले, मंदिर ट्रस्ट की ब्लैकहोल— दानपेटी को नहीं। घी, नैवेद्य और सिंदूर से लथपथ गर्भगृह की सफाई का कोई एकोनॉमिक औचित्य नही बनता।

बादल गरज रहे हैं। बूंदाबांदी शुरू हो गई है। जिनकी पक्की दुकाने हैं, उन्होने तिरपाल तानना शुरू कर दिया है। बरसात के पानी से ऐसे सिकुड़ रहे हैं मानो घोंघे के ऊपर नमक छिड़क दिया हो। लंगड़े भिखारी ने भी एक तर्कसंगत, 'होमो एकोनोमिकस' की भांति अपनी दुकान समेट ली है। कानों मे इयरफौन ठूसकर दोनों पैरों से चलता हुआ पास की गलियों मे गुम हुआ जा रहा है। पुजारी जी और नारियल बेचनेवाले मे गहमागहमी शुरू हो गई है। गर्भगृह में भक्तों द्वारा चढाए गये नारियल वाजिब दामों में वापस नही ले रहा नारियल वाला। उधर कार मे बैठकर शुक्ला बाबू फिर से मंदिर आए हैं। सालों से हर बृहस्पतिवार आते हैं। उनके सगे भाई ने सारी खानदानी जमीन हड़प ली और इन्हें बस चार एकड़ मिली। कोर्टकेस के शीघ्र निपटारे की मन्नत मांगते हैं।

इतना उदास इंसान! "ईश्वर इनका भला करे," पवन फूलवाले ने सोचा। पीपल के पत्तो से छन कर मोटी पानी की बूंदें उसकी छतरी पर छंदमय टपक रही हैं: टपप–चपटप... टपप–चपटप... । चाय की चुस्कियों का आनंद वह ले चुका है। गमछा पहन, पास के पोखर मे छलांग लगाने का समय जान पड़ता है। वर्षा तो प्रियतमा है, फिर से आई है। क्यों न उसके साथ का मजा लें। दुखी लोग मंदिर में आते रहेंगे। फूल तो बिकते ही रहेंगे।

✳✳✳

विरासत

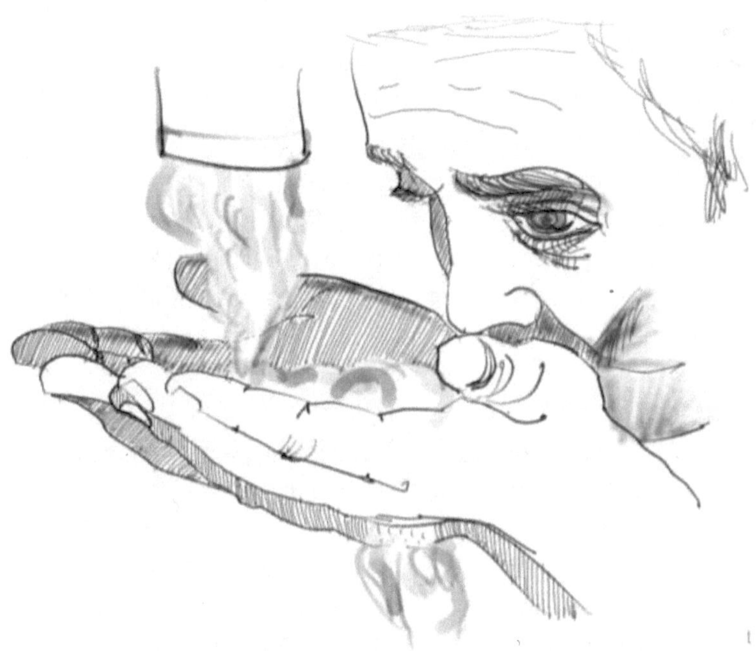

अगस्त के महीने में इतनी गर्मी! इन इलाकों में कई दिनों से बारिश भी नहीं हुई ऐसा लगता है। धधक—ततक करती हुई रेलगाड़ी मध्यम रफ्तार से पटरियों पर दौड़ रही थी। पसीने से सवारियां लथ—पथ थीं। कईयों का गला सूखा जा रहा था। न कोई चाय वाला आ रहा, न चने बेचने वाला। बगल की कम्पार्टमेंट में बैठा शिशु पता नहीं कब से गला फाड़ रो रहा है। यहाँ बैठे कुछ यात्री ताश खेल रहे हैं लेकिन लुत्फ नहीं आ रहा, ये साफ है। पिछले तीन स्टेशनों पर जहाँ ट्रेन रुकी, वहाँ के नलकों में पानी नहीं। छत में लगा पंखा मौशिकी अच्छी करता है लेकिन हवा फूँकना उसके बस में नहीं।

''पैसेंजर ट्रैन और दोज़ख में क्या फर्क रहा मदन भाई?'', अशफाक भाई ने पूछा। अशफाक राठौर और मदन राठौर का खानदान भोपाल में कितनी पीढ़ियों से पड़ोसी रहा है, इसका अंदाजा लगाना मुश्किल है। दोनों पड़ोसी बचपन से दोस्त भी रहे हैं। साथ में खड़े हो तो लगता है एक ही माँ के जने हैं। साँवला रंग, एक जैसी कद–काठी और मिलता–जुलता नयन–नक़्श। शौक एक जैसे – पान में एक जैसा ज़र्दा, चाट में एक जैसे मसाले। लेकिन राजनैतिक सोच अत्यंत प्रतिवादी। मध्यम वर्गीय कुछ परिवारों को रोज़ी–रोटी के अलावे अतिवादी सोच विकसित करने का समय कैसे मिलता है, इसे भारतीय समाज का एक अनसुलझा रहस्य मानिये।

मदन भाई इतिहास की एक किताब पढ़ रहे थे। मुस्लिम शासकों ने भारत में अपने धर्म को कैसे फैलाया, इसकी चर्चा थी। चुटकी लेते हुए बोले : ''मैंने तो पहले ही कहा था। मेरी तरह निकर और टी–शर्ट पहन के आया कर सफर में। लेकिन तू चला मुल्ला बनने। सर पर टोपी भी चिपकानी है, ये भरी–भरकम कुरता भी पहनना है, और तेरा ये पजामा– एड़ियों से चार इंच ऊपर।''

अशफाक : ''देखो मियाँ, इस पर मज़ाक न करो। हम अरब लोग हैं। सबसे उम्दा तहजीब है हमारी, और अपने उस खास विरासत की ओर अपना फर्ज निभा रहे हैं।''

मदन : ''भाई तू अरब कब से हो गया? ऊपर से मुझे समझ में नहीं आता तू उस तहजीब का इतना हिमायती क्यों है? उधर से लोग आते रहे, सदियों हमें लूटते रहे और दिया क्या? ठेंगा!''

दोनों में बहस चलती रही। ऊपर से प्रतिवाद, अंदर से विनोद। फिर अशफाक ने अनायास पूछा : ''तू दिल्ली क्यों जा रहा है भाई? भोपाल की दुकान कौन सँभाल रहा होगा? तेरा व्यापार पहले से ही मझदार में रहा है?''

मदन : "यार लाल–किले के पास मेरे भाई ने पेठों की दुकान लगायी थी। खूब विदेशी टूरिस्ट आते हैं और डब्बे खरीद कर ले जाते हैं। उसी से परिवार का खर्च चल रहा है। कह रहा था जामा मस्जिद के पास एक और दुकान खाली है, वहाँ एक अपस्केल पराठे का रेस्टोरेंट खोला जा सकता है विदेशी टूरिस्ट्स के लिए। उसे देखने जा रहा हूँ।"

मदन की किताब का अगला अध्याय संस्कृति पर था। भारतीय वास्तु–कला और भोजन पर इस्लामी शासन का क्या योगदान है, इस पर चर्चा थी। ढाई दिन का झोपड़ा और उसमें लगी जैन मूर्तियों के अवशेष बारीकी से दिख रखे थे। देवियों के टूटे चेहरे उदासी फैला रहे थे। लेकिन ताजमहल और लाल किले की सुन्दरता अप्रतिम थी। हलवा, समोसा, बिरयानी और नान की तस्वीरें भी थी, और ये विदेशों से भारत में कैसे आये, इसका उल्लेख था।

अब तक दोनों का गला सूखा जा रहा था। थोड़ी देर में साँची पर ट्रेन रुकी। दोनों ने के०एफ०सी० से उम्दा बिरयानी के डब्बे खरीदे। मंदिर के प्याऊ पर शीतल पानी पिया तो जान–में–जान आयी। सीटी बजी और दोनों ट्रैन की ओर भागे।

✳✳✳

मानव चरित्र

"सदियों से सवर्णों ने पिछड़ी जातियों का शोषण किया। हमारे पुरखे पसीने बहाते रहे, लेकिन धन किनका बढ़ा? न धर्म न संविधान, इनमे से कोई भी इस बात की इजाजत नहीं देता कि जन्म के आधार पर किसी को छोटा समझा जाये। हमारे देश में जनतंत्र है। मेरे भाइयों, आओ, अपने अधिकारों को मांगो। कोई तुम्हे छोटा न समझे। ब्राह्मणवाद को उखाड़ फेंको। इस चुनाव में अपनी जाति के कैंडिडेट को जिताओ...।" आज उनकी पार्टी के अधिवेशन में दिनेश का भाषण चल रहा था।

भीड़ में ज्यादातर गरीब, असहाय लोग थे। दिनेश की बातों में कितना ओज है, कितनी सच्चाई, महाभारत के श्रीकृष्ण की तरह। भाव–विह्वल हो लोगों ने तालियां बजायीं। कुछ की आंखें भी भर आयीं।

हालाँकि आज दिनेश को थोड़ी जल्दी अपना भाषण खत्म करना पड़ा। बड़ी देर से कुर्ते की जेब में पड़ा मोबाइल गुरगुरा रहा था। कुछ अर्जेंट है, जरूर। जनता की तालियां खतम भी नहीं हुई थी जब दिनेश ने हड़बड़ में मोबाइल उठा कर चालू किया। "हेलो रिया, क्या बात है?..."

दिनेश जी की जाति क्या है, यह अप्रासंगिक है। लेकिन समाज में जातिगत विषमताओं के घोर विरोधी रहे हैं। अपनी जाति के अधिकारों के लिए खूब लड़े हैं और लड़ते रहेंगे। इनके स्वर्गवासी पिता ने गरीबी का सामना किया, जमींदारों के खेतों में वर्षों काम किया। उनका परिश्रम रंग लाया और पढ़ लिख कर कलेक्टर बने। दिनेश जी ने बारहवीं तक की पढ़ाई की, लेकिन उसके बाद राजनीति का रास्ता अपनाया। न सिर्फ अपने बच्चों के लिए, बल्कि अपनी पूरी जाति के लोगों के लिए संघर्ष करते रहे। उसी का परिणाम है कि आज उनकी जाति ओ०बी०सी० में शामिल कर दी गयी है।

फोन पर उनकी धर्मपत्नी रिया बोली : "आज सोमरी ने क्या गजब किया। हर रोज मेरा जीवन एक संघर्ष बनता जा रहा है। घर आओ तो बताऊँ।"

एक घंटे में दिनेश जी अपने घर पर थे। रिया के बाल बिखरे पड़े थे। घर में गंदगी फैली थी। लॉन के पौधों में पानी नहीं पड़ा था और किचन में कोई काम नहीं हुआ था। "ये क्या हाल हो रखा है घर का, रिया! सोमरी काम पर नहीं आयी क्या?", दिनेश ने कौतूहल से पूछा।

"अरे सिर पर चढ़ते जा रहे हैं ये लोग। दो हफ्तों से सोमरी का तमाशा देख रही हूँ। कभी बेटे को एग्जाम लेना है, कभी बिटिया का स्कूल–फंक्शन है। आज सुबह सोमरी ने क्या रंग दिखाया अपना! दो हजार रुपये एडवांस मांगने लगी। मैंने कारण पूछा तो बोली बेटे को फॉर्म भरवाने के लिए चाहिए।"

दिनेश जी : "अच्छा?! कैसा फॉर्म?"

रिया : "क्या बताऊँ, दिनेश, मैं तो अपनी हँसी नहीं रोक पा रही थी। गुस्सा तो आ ही रहा था। एक तो मैडम काम पर नहीं आती, अब बेटे को मेडिकल स्कूल में भेजने के सपने देख रही हैं। मैंने थोड़ी इज़्ज़त क्या दे दी, सर पर ही चढ़ी जा रही है... मैंने मना कर दिया तो झाड़ू पटक कर बाहर चली गयी।"

दिनेश : "जाने दो, इनसे क्या मुँह लगना। जात ही ऐसी है इनकी। किसी और को काम पर रख लेंगे अगले हफ्ते"।

✳✳✳

सबसे बड़ा शाजु

लंच के बहाने, रोज दोपहर चारों सहेलियों का इसी ढाबे पर जमघट होता है, जबकि ढाबा ज़ोन से थोड़ा हटकर है। चारों औद्योगिक ज़ोन की अलग—अलग कंपनियों में लिपिकीय काम करती हैं। एक दूसरे को कभी बस स्टॉप पर मिल गईं और कभी इमली के पेड़ तले बने चबूतरे पर, और यूँ ही दोस्ती का बंधन बनता गया। दरअसल, औद्योगिक बेल्ट के अंदर जो भोजनालय हैं उनके आसपास मनचले युवकों की टोलियाँ रहती हैं।

महिलाओं के साथ छेड़खानी आम बात है। लेकिन ज़ोन से इस ढाबे तक के रास्ते में छावनी पड़ता है। अनुशासित जवान मुस्तैद रहते हैं, इसलिए महिलाएँ सुरक्षित हैं।

ढाबे की एक और खासियत है– इसे महिलाओं की एक टोली चलाती है। ढाबे की मालकिन सोनलता जी एक आदर्श हैं– अपने पियक्कड़, जबरदस्ती करने वाले पति को जेल भिजवाया, और खाप पंचायत के मुखिया से केस लड़ रही हैं अपने अधिकारों के लिये। यहां आकर इन सहेलियों का आत्मविश्वास बढ़ता है।

रमा को छोड़ दूसरी सहेलियाँ ढाबे पर ही भोजन खरीदती हैं। हालाँकि, यह कहना सरासर गलत होगा कि रमा को खाना बनाना अच्छा लगता है। एक कामकाजी महिला लोकल बस के धक्के खाती रोज डेढ़ घंटे तक ऑफिस का सफर तय करे, ऑफिस के बॉस की अनवरत झिड़कियाँ झेले, और मशीन की तरह काम करती रहे, तो शाम में घर पहुंचते–पहुंचते मिट्टी पलीद हो जाती है। सुबह तक मांसपेशियों में दर्द रहता है। खाना बनाने के लिये न मन में श्रद्धा बचती है न शरीर में ताकत। रमा का तो जी करता है कि घर से भाग जाए। लेकिन अपने तीन बच्चों का खयाल आता है। रमा का पति निकम्मा जरूर है, लेकिन सीधा इंसान है। परिवार भी ज्यादा बड़ा नहीं– ससुर, जेठ जी, पति और बच्चे। सास का देहांत हो गया। जेठजी दालान पर रहते हैं। रमा के साथ व्यवहार तो ठीक है, लेकिन मर्डर का केस है उन पर। कहते हैं, उनको अपनी पत्नी पर शक था, इसलिए उसे जला डाला। ससुर जी दबंग हैं। अगर बहु सुबह का नाश्ता और दोपहर का भोजन बना कर जाना बंद कर दे तो रमा को सपरिवार घर से धक्के मार निकाल न दें! आखिर जो औरत चौका–बरतन न करे, उसके लिए घर में कैसी जगह!

आज ढाबे पर सहेलियों का भोजन तो हुआ, लेकिन रोज की तरह बातों का सिलसिला चालू नहीं हुआ था। टीवी स्क्रीन पर वाडियो सीडी चल रहा था। वृत्तचित्र में सोनलता जी आपबीती सुना रही थीं : "औरत जागरूक न हो, तो ये दुनिया बद से बदतर होती जाती है उसके लिये। कोई और नहीं है हमारे लिये सोचने वाला। हम ही हैं लक्ष्मी, और हमें ही बनना है दुर्गा..."

ढाबे की सड़क की दूसरी ओर कुत्तों का समूह शोर मचा रहा था। एक लंगड़े कुत्ते को बड़े कुत्ते धमका रहे थे। इस बीच, एक सहेली ने झोले से मटर निकाल कर छीलना शुरू किया। दूसरी स्वेटर बुन रही थी। तीसरी रमा को देख रही थी। रमा उदास चेहरा लिए उन कुत्तों को ताक रही थी।

"क्या बात है रमा, आज इतनी परेशान क्यूं हो? ससुर ने फिर हंगामा किया क्या?"

रमा :   "नहीं रे, बॉस से परेशान हूं"।

सहेली :   "तू तो सरस्वती प्रिंटर्स में काम करती है न ? बॉस का पोस्ट क्या है?"

रमा :   "हाँ, डिवीजन मैनेजर को रिपोर्ट करती हूं। तर्कहीन सोच है उसकी!"

"हम सब अपने–अपने बॉस से परेशान हैं। कुछ इंसानों से औरतों का स्वावलंबन झेला नहीं जाता। रमा, तुम्हारे ऑफिस की कभी चर्चा ही नहीं आई। आज बता डाल अपना हाल"

रमा :   "यार, मेरे बॉस का कहना है कि तीन बच्चों की माँ को घर सँभालना चाहिये, नौकरी मेरे जैसों के बस में नहीं। ऊपर से, मेरे पहनावे ओढावे में भी बॉस की रुचि कुछ ज्यादा ही है। मै सादे लिबास में आऊं तो बॉस को लगता है ऑफिस को गंभीरता से नहीं ले रही हूं। अगर थोड़ा मेकअप कर के आऊं तो बॉस की निगाहें मुझ पर ही टिकी रहती हैं दिनभर। बहुत परेशान हूं।"

यह सुनकर बाकी तीनो अचंभित हो गईं : " अरे, इससे पहले कि यह बॉस तुम्हे नौकरी से निकलवा दे, तू सेक्शुअल हैरेशमेंट का केस ठोक।"

इतने में रमा के फोन की घंटी बजी। रमा ने कॉलर आईडी देखा और तत्क्षण फोन उठाया। साथ में उंगलियों और होठों के इशारे से समझाया कि सहेलियां चुप हो जाएं, बॉस का ही फोन है, और फोन पर सफाई देने लगीः "जी नंदिता मैडम, फोटोकॉपी कराने आई थी, दो मिनट में ऑफिस पहुँचती हूं।"

***

कर्म

कहाँ चेन्नई और कहाँ सुदूर गंगा किनारे का मेरा ये शहर। होटल से निकल कर अपना पुराना मकान देखने आया था। पुरानी सँकरी गलियाँ, अपनी ही छत की बोझ से कुम्हलाते हुए दीवारों से चुने घर, धूल, शोर–शराबा, भीड़... ज्यादा कुछ नहीं बदला। तीन दशकों बाद आया इन गलियों में। सड़कें वही है, कुछ दुकाने भी वही हैं, लेकिन लोग नए। अपना पुराना मकान भी दिख गया।

तीन दीवारों और एक तरफ दो कमरों से घिरा आँगन अभी भी है। हाँ, अमरुद का पेड़ न रहा। दीवारों पर ग्रीज के दाग हैं। किसी ने स्कूटर गेराज बना रखा है।

यहीं तो 1984 के दंगों में पापा की जान चली गयी। दंगाइयों ने माँ के सर पर कैसा चोट मारा था, कि पिछले महीने मृत्यु शैया तक लकवे की शिकार रहीं। शुक्र है मेरी बहन और मासी शहर में नहीं थे, वरना पता नहीं उनका क्या हाल होता। सब कुछ ठेलों पर लूट कर ले गए। उन लूटने वालों में पड़ोस के कमलेश शुक्ल भी थे। गली के कोने में दिन रात जुआ खेलने वाला दिनेश भी था। जब आँगन का शेड जलाया जा रहा था, पापा ने पिछवाड़े के दरवाजे से भगाकर पड़ोस के पड़ियाइन जी के घर छिपा दिया था मुझे।

पापा की चीखें याद आती हैं जो चार—पांच मिनटों में ही ख़त्म हो गयी थीं। पड़ियाइन जी के आँचल की महक आज भी है मेरे मस्तिष्क में। अपने किराये के घर में कैसे अपनी गोदी में छिपा कर, जोर से जकड कर मेरा उद्वेग कम करने की कोशिश कर रहीं थीं वो। उसके बाद वाले हफ्ते में जब हमलोग शहर छोड़ कर चेन्नई जाने लगे, तब पड़ियाइन जी ने एक चाबी थमाई थी मेरी माँ के मृत्प्राय हाथों में : ''ये चाबी रख लो। तुम्हारे पीछे चबूतरा तुम्हारे नाम रजिस्टर कर दूंगी।'' माँ ने बड़ी मुश्किल से उनकी बात मानी थी। पड़ियाइन का क्या और कोई नहीं जो अपनी इकलौती संपत्ति— अपना चबूतरा — हमारे नाम कर गयीं? यह सवाल मेरे मस्तिष्क में गूँज रहा था। माँ को भी मालूम नहीं था।

अब उनकी आखिरी इच्छा थी कि इस शहर आकर मैं चबूतरे की मरम्मत कराऊँ।

अगली सुबह, सूर्योदय से पहले पड़ियाइन जी के चबूतरे की ओर चला। सड़क से जो गलियारा निकलता है गंगाजी की ओर, उसका रूप—रंग नहीं बदला। मोड़ पर आज भी वैसे ही मालती के फूल बेचने वाला परिवार बैठा है। एक तरफ नाला बह रहा है, दूसरी तरफ की दीवार पर वैसे ही उपले चिपके हैं।

घाट की ओर बढ़ो तो नाटकीय तरीके से शहर का शोर शांति में बदल जाता है! हाँ, अब एक की जगह तीन चायवाले दीखते हैं। केले, अनार, आम और पीपल के पेड़ वैसे ही हैं। सड़क पर दशकों से चिकने हो चुके पत्थर के किनारे भी वैसे ही चमकते हैं। हाँ, कोयल की कुहू–कुहू बंद हो चुकी है। बंदरों का शरारती झुण्ड नजर नहीं आ रहा आम के पेड़ों पर।

थोड़ा चलने पर मंदिर के सामने बना वही चबूतरा दिख गया। कोई दस फीट से बड़ा न होगा, विवाह के मंडप जैसा। चारों ओर से खुला। उसकी काली सिल्हटों के पीछे से गंगा जी के पार उगते हुए सूरज की लालिमा आज भी उतनी ही अद्भुत लगती है। चबूतरे के पास पहुँचते ही ऐसा लगा मानो तीस साल पहले की तरह आज भी पड़ियाइन जी वहाँ बैठी होंगी– मेरे दाहिने हाथ में पेड़े के दो टुकड़े थमाने, प्यार से सर पर हाथ फेरने को।

हालाँकि जहाँ वह बैठती थीं चन्दन का टीका लगाए, वहाँ पान की पीक और ताश के कुछ पत्ते पड़े थे। ऊपर की छतरी में मकड़ी के जाले थे और चारकोल से फूहड़ रेखाचित्र बने थे। चबूतरे के मंदिर वाले मुख पर एक छोटा–सा द्वार था। उसी पर ताला लगा था, मजबूत, अलीगढ़ी, लेकिन जंग लगा। ऐसा लगता था कि कई बार उसको तोड़ने की नाकाम कोशिश की गयी है। थोड़ी मशक्कत करने पर मेरी चाबी से वह खुल गया। अंदर छोटी सी कोठरी थी। पूजा के बर्तन, दीमक लगा भगवद् गीता का अवशेष और एक चाँदी का छोटा बक्सा। मैंने पास पड़ा लकड़ी का एक बेंत उठाया, और जाले साफ किये। कीड़ों और मकड़ों से हाथों को बचाता हुआ बक्सा बाहर निकाला।

बक्से के अंदर चांदी के कुछ सिक्के थे और प्लास्टिक की थैलियों में सहेज कर रखे दो लिफाफे। एक पर मेरा नाम लिखा था, काँपते हथेलियों से। दूसरे पर मेरी माँ का नाम था। मैंने अपने नाम का लिफाफा खोला। उस में चबूतरे के कागज़ात थे। पड़ियाइन जी सच में चबूतरा मेरे नाम कर गयी थीं।

दूसरे लिफाफे में एक चिट्ठी थी, उन्ही काँपते हाथों से लिखी हुई : ''मनदीप बिटिया, जब हरदीप तुम्हे ब्याह कर मोहल्ले में लाया, तो मुझे एक बेटा भी मिल गया और बहू भी मिल गयी।

कितना प्रेम मिला तुमसे। तुम्हारे पंडित चाचा और मेरे कोई बच्चा न हुआ, इसका हमें दुःख न रहा। तुम्हे ज्ञान नहीं, लेकिन पंडित जी ने अपने भाई और भतीजे से रिश्ता तोड़ रखा था। लज्जावश कभी अपने रिश्ते—नाते के बारे में हम ने तुमलोगो से चर्चा भी न की। लेकिन खून का रिश्ता कोई कैसे मिटाये। न चाहते हुए भी कमलेश शुक्ल और उसके जुआरी बेटे दिनेश के पापों का भाग हमें लेना ही पड़ेगा। प्रायश्चित तो बैकुंठ धाम में पूरा होगा, लेकिन इस लोक में मैं बस इतना कर सकी, कि जिस चबूतरे पर पूरे जीवन धर्म की सेवा की, उसको तुम्हारे परिवार के नाम करना है। सदा सुखी रहो और हो सके तो मेरी आत्मा की शान्ति के लिए प्रार्थना करना।'' चिट्ठी पढ़ते—पढ़ते मेरा गला और हृदय भर आये।

मोहल्ले में जाकर कमलेश शुक्ल और दिनेश की जानकारी ली। बड़े शुक्ल को नशे की अवस्था में गंगाजी लील गयी। छोटा शुक्ल दिनेश मानसिक रूप से विक्षिप्त हुआ गली—गली फिरता है।

उसी सुबह मैंने एक आर्किटेक्ट को कहा कि चबूतरे पर संगेमरमर लगा कर एक पब्लिक शेड डिजाइन करे जहां लोग साधना कर पाएँ। दोपहर तक वहीं बैठा रहा, अतीत को याद करता। साँझ में मंदिर के पुजारी जी की मदद से पड़ियाइन जी और पंडित जी का पिंडदान हुआ। प्रसाद खाने के लिए लोगों की भीड़ जमा हो गयी। उन में से एक दिनेश भी था : गन्दी जटाओं में, लम्बी दाढ़ियों में, फटे वस्त्रों में।

✳✳✳

पादुका कथा

गुजरात के गिर में जंगली गधों का एक अभयारण्य है। वहाँ के सैर की एक घटना याद आ रही है : झुण्ड का एक सदस्य जो बिछड़ गया था, उसको दूर से दूसरे साथी दिख गए थे। अपूर्व वेग से वह भागा था झुण्ड की ओर। कितना प्रेम, कितनी आत्मीयता थी उसकी छलांग में। उस दृश्य पर हम सब भावविह्वल हो उठे थे। सालों बाद आज बिलकुल उसी बिछड़े सदस्य की तरह महसूस कर रहा था मैं। आखिरकार अपनी संस्कृति के लोगों की पार्टी में पहली बार जाना होगा!

सारे परिवार को पूना में छोड़कर शिकागो आया था। अपनी कंपनी से अकेला इंसान भेजा गया था। तीन महीने बीत गए, तीन और बिताने हैं। अब तक ढंग से शि—काव—गोव् भी उच्चरित नहीं कर पा रहा हूँ, लेकिन हर रोज कांफ्रेंस कॉल पर बॉस पूना से बैठा यही शिकायत लगाता है कि मैं क्लाइंट्स के साथ "इंटीग्रेट" नहीं हो पा रहा हूँ— नया प्रोजेक्ट कैसे मिलेगा उनसे? "सेक्स, मौसम और अमेरिकन फुटबॉल", इनके बारे में चर्चा करने की हिदायत दी गयी थी। "अमेरिकन्स को अच्छी लगती है", ऐसा बॉस ने कहा था। लेकिन मैं इन तीनो विषयों में फिसड्डी निकला। ऊपर से हर सुबह माँ के हाथ के पराठे याद आते हैं। कल्याण भेल भण्डार का चाट याद आता है। सहकर्मियों के साथ रजनीकांत की मूवीज देखना, लंच के बाद लखन की दूकान पर मीठा पान, और शनिवार को बाइक पर बैठ कर सपरिवार लवासा तक का सफर... सब कुछ याद आ रहा है।

आज सुबह जब बॉस ने "हिन्दू संस्कृति" संस्था का पम्पलेट ईमेल किया, तो जान—में—जान आयी। आज ही तो है उनकी गणपति पूजा पार्टी। वाह! अपने जैसे लोगों से मिलूंगा, देसी खाना खाऊंगा, हिंदी में बातें होंगी... मजा आएगा।

शुक्र है, बीवी की जिद पर मैंने अपने साथ शेरवानी पैक कर ली थी — चटख लाल। रेशम की पीली ओढ़नी भी थी साथ में। पर उसके साथ पहनने के लिए ढंग का चप्पल नहीं मिला। किस्मत से जॉन फ्लोवोग की जूते की दूकान पड़ोस में ही थी। क्या रेंज था उनके पास! अब अमरीका आये हैं तो डॉलर्स में खरीदें, रुपये में नहीं। यह सोचकर अपने पसंद से एक बढ़िया जूती खरीदी। शालीन थी, शेरवानी से मैचिंग और बिलकुल वैसी जो मेरी पर्सनालिटी पर खिल जाए। बस, मन गद्गद् हो गया, जनाब।

"संस्कृति पर्व" का आयोजन "हिन्दू संस्कृति केंद्र" के शिवालय में हो रहा था। काफी जनता थी। ज्यादातर मेरी तरह शेरवानी में थे। ज़ाहिर है, प्रांगण में पदत्राण वर्जित था। लोग अपने जूते—चप्पल सीढ़ियों पर रख कर जा रहे थे। हर कोई किसी न किसी झुण्ड का सदस्य मालूम होता था। मराठी, तेलुगु, बंगाली, तमिल, मलयाली.... लोगो में मातृभाषा में बातें चल रही थी।

एक झुण्ड हिंदी बोलने वालों का भी था। मैंने सोचा उनको नमस्ते कर आऊँ। लेकिन उस माहौल में महाभारत के अभिमन्यु की तरह चक्रव्यूह भेद रहा हूँ ऐसा महसूस हुआ।

एक साहब की छाती पर तिरंगा बैज था जिस पर ''एस०के० कपूर, वी०पी०'' लिखा था । उन्होंने वाणिज्य–मुस्कान के साथ स्वागत तो किया लेकिन उस से ज्यादा कुछ ज्यादा दिलचस्पी न दिखलाई।

इतने में आरती शुरू हो गयी। मलयाली पंडित जी संस्कृत में मंत्रोच्चारण कर रहे थे। आरती की थाली प्रांगण में घुमाई गयी। उसमें डॉलर्स के बड़े–बड़े नोट पड़े थे। सम्मान का विषय था। मैंने भी दस डॉलर का नोट दान कर दिया। पर कपूर साहब अब थोड़े परेशान दिख रहे थे। सरकार ने मिसेज़ कपूर की बूढ़ी माँ को अमरीकी वीसा देने से इनकार कर दिया था । मिसेज़ कपूर की आँखें नम भी थीं, और दुर्गामाता की तरह क्रोध से लाल भी। खैर, इन सब से मुझे क्या। पेट में चूहे कूद रहे थे और भोजन आरम्भ हो चुका था बगल के हॉल में।

''कहाँ से हो? हिंदी बोलते हो?'', पीछे से आवाज आयी। एक अधेड़ उम्र के जनाब दोस्ती का हाथ बढ़ा रहे थे। मेरी तरह वह भी भीड़ में तनहा थे। ''जी पूना में रहता हूँ, लेकिन हूँ कोटा, राजस्थान से, और आप?...'', मैंने कहा। ''माइसेल्फ नरेश राइ फ्रॉम कानपुर...'' हमारी छिटपुट बातें होती रही, और दोनों एकलव्य को साथ मिल गया। दोनों भोजन हॉल को गए। छक कर खाया : पूड़ियाँ, ढोकला, बिरयानी, गाजर का हलवा, अवोकेडो की चटनी, और न जाने क्या क्या। रिकोटा चीज से बना रसगुल्ला थोड़ा अजीब लग रहा था। लेकिन एक बार एंट्री फी दे दिया तो बस माल–ए–मुफत, दिल–ए–बेरहम।

आनंद आ रहा था लेकिन एकाएक मुझे याद आया कि कल सुबह क्लाइंट मीटिंग की तैयारी अधूरी रह गयी है। इसलिए, एक गुलाब जामुन मुँह में ठूंसा, नरेश बाबू को सलाम किया और बाहर की ओर निकल पड़ा।

बाहर मौसम सुहाना था और साँय—साँय हवा बह रही थी। जूते चप्पलों का अम्बार लगा था। इस अम्बार में अपनी जूतियाँ ढूँढना कठिन कार्य लग रहा था। मैंने याद करने की कोशिश की— हाँ, कचरे के डब्बे के पीछे छुपा कर रखी थी मैंने अपनी जूतियां। केले के पत्तों के नीचे ढँक कर। कचरे का डब्बा मिल गया। केले के पत्ते भी दिख गए। लेकिन उनके नीचे जूतियाँ नहीं मिलीं। खूब ढूंढा : नल के नीचे, कुंड के पास... सारा परिसर छान मार डाला। नहीं मिली। हे भगवान। कोई मेरी नयी—नवेली जूतियाँ लेकर चम्पत हो गया! हाय मेरी डेढ़ सौ डॉलर की जूतियाँ। हाय रे शिकागो। कैसी सभ्यता! कैसी कुलीन दिखने वाली जनता! धिक्कार है!

∗∗∗

चमत्कार

साहब और मंत्री लोग तो क्या, डी०डी०टी० का छिड़काव करने वाले मुंशीपाल्टी के लोग भी यहाँ सिर्फ हर–पाँच सालों में देखे जाते हैं। लेकिन उस दिन तो कमाल हो गया, साहब। इंगतपुरी और पंगतपुरी के गाँओं की कहानी पूरा देश देख रहा था। दोनों गावों के बीच में एक छोटा शहर है – इंसानपुर। कानून–व्यवस्था बनाये रखने के लिए इंसानपुर से अर्द्धसैनिक बलों को भेजना पड़ा। अखबार वालों से लेकर टीवी चैनल वाले, सब ने भीड़ लगा रखी थी। पीपली लाइव की तरह। कमाल की बात है कि एक गाँव में मीडिया का केवल अलाँ–गुट जुड़ा। दूसरे में फलाँ–गुट, खाँटी।

सारी दुनिया को सच्चाई से अवगत कराना इनका कर्त्तव्य है। लोकतंत्र का चौथा खम्भा यही तो हैं। आखिर हुआ क्या?

इंगतपुरी में जब इस्राबानो ने सब्जी बनाने के लिए बैंगन काटा तो उसमे अल्लाह का नाम लिखा था। बीजों की सुन्दर मेखला। करिश्माई। उधर पंगतपुरी में कोई लखन हलवाई जी कद्दू काट रहे थे जब उसमे से ॐ लिखा मिला। ऐसा लगा जैसे रामजी ने करीने से बीजों की माला स्वयं पिरो रखी हो। रह–रह कर ऊपरवाला अपने सिग्नल्स भेजता है इस दुनिया में! हम पापी इंसान बस उन्हें देख नहीं पाते। हाँ, राष्ट्रीय मीडिया के दिग्गजों को ऊपरवाला द्रुतगामी प्रेस–विज्ञप्ति भेज देता होगा, तभी तो मिनटों में हाजिर हो जाते हैं, पूरे ताम–झाम के साथ!

रात भर चहल–पहल रही। इंगतपुरी और पंगतपुरी के लोगों ने एक दिन की मौज ली, मुफ्त की दारू मिल रही थी। फिर जैसे आदिकाल से करते आये हैं, दिहाड़ी खोजने इंसानपुर के चक्कर लगाते रहे। इस्राबानो और लखन हलवाई न पहले कभी देखे गए थे, न फिर कभी दिखे। अगले हफ्ते चुनाव संपन्न हो गया।

✳✳✳

टैक्सी ड्राइवर

हफ्तों से इतनी गर्मी थी कि साँस लेने में छाती जल जाये। और आज इतनी बारिश कि शहर न हुआ, नाला बन गया! अपने पतलून ऊपर खींचता हुआ सर्वेश एक छप्पर के नीचे खड़ा था। पहली बारिश के कारण छत से टपकने वाला पानी मटमैला था और इस छप्पर के नीचे बारिश से अपना सर बचाने वाले लोग किसी तबेले में ठूँस दी गयी भैसों की तरह एक दूसरे से शरीर घिसट रहे थे।

एकाध विद्वत्जन अपनी छतरी लेकर आये थे और उन्हें खोलने की कोशिश में लगे थे। लेकिन इतनी तूफानी बारिश में किसी को छप्पर से बाहर जाने की हिम्मत नहीं हो रही थी।

शाम होते-होते थकान हावी होने लगती है आजकल। सर्वेश सुबह के चार बजे से ही जगा है। उसकी टीम के ऊपर जिम्मेवारी थी कि एयरपोर्ट जाकर विदेशी मुवक्किलों का स्वागत करें, उन्हें होटल तक ले जाएँ और फिर भोजन कराएँ। उधर घर पर हफ्ते भर से मैडम बीमार पड़ी हैं। न उनसे खाना बनाया जाता है, न खरीददारी की जाती है। सर्वेश ने पहले ही कहा था कि इस उम्र में मैराथन दौड़ने की क्या जरुरत है! लेकिन मैडम को तर्क से कौन जीत पाया है? टांग में ऐसी मोच करवा आयीं कि न ढंग से चला जाता है न दर्द पर काबू होता है।

अभी तो बच्चों के लिए फैंसी ड्रेस के कपड़े भी खरीदने हैं, पत्नी की बीमारी की दवाइयाँ लेनी हैं और अपनी महिला सहकर्मी रूपा को उसके घर तक छोड़ आना है। अपने मोबाइल पर सर्वेश ने ऊबर टैक्सी वाले को बुलाया था। बीस मिनट लगा दिए कम्बख्त ने पहुँचते-पहुँचते। टैक्सी रुका तो सर्वेश और रूपा टैक्सी के अलग-अलग दरवाजे तक भागे, तड़ाक से दरवाजे खोले और अंदर बैठ गए। अँधेरा होने की वजह से रूपा थोड़ी घबराई-सी थी। शुक्र है सर्वेश जी उसे घर तक छोड़ने साथ जा रहे हैं नहीं तो टैक्सी ड्राइवर का क्या भरोसा!

सड़क पर आधे फुट तक जमे पानी में तैरती हुई कार चल दी। अधेड़ उम्र का टैक्सी ड्राइवर अच्छे कपडे-लत्ते में था, लेकिन इन दोनों में कुछ ज्यादा ही रूचि दिखा रहा था : "क्या करते हैं आप?"
सर्वेश : "डिजिटल मार्केटिंग स्पेशलिस्ट हैं..."
ड्राइवर : "और मैडम?"
सर्वेश : "ये सॉफ्टवेयर स्पेशलिस्ट हैं।"
ड्राइवर : "आप दोनों पति-पत्नी एक जगह काम करते हैं?"
रूपा : "नहीं-नहीं। यह मेरे पति नहीं हैं। बॉस हैं मेरे..."

बातचीत के क्रम में कार रुक गयी। करीब बीस गज़ पर एक ट्रैफिक सिग्नल था।

वहाँ से टैक्सी तक रिक्शेवालों की जमात थी और अगले दो–तीन मिनटों तक गाड़ी के चलने की कोई उम्मीद नहीं थी। ड्राइवर ने ग्लव कम्पार्टमेंट से अपनी डायरी निकली और उस पर लिखना शुरू कर दिया। बीच–बीच में आईने के ज़रिये इन दोनों को भी देख लेता था मानो इन्ही के बारे में कुछ लिख रहा हो।

कार फिर से चलने लगी। सर्वेश ने गपशप का सिलसिला शुरू किया : ''रूपा, मुझे गलत मत समझना। मुझे स्त्री जाति से कोई द्वेष नहीं है। लेकिन मुझे लगता है कि पत्नियां कई बार अपनी जिम्मेदारी भूल जाती हैं। मेरी पत्नी को ही ले लो। घर पर छोटे बच्चे है, उन्हें संभालना उसकी प्राथमिकता नहीं है।

रूपा ने थोड़ी उत्सुकता दिखाई। सर्वेश बोलते रहे : ''मेरे परिवार में सारा काम मुझे ही करना पड़ता है, और मैडम घर पर बैठे सास–बहु के सीरियल देखती रहती हैं।''

रूपा : ''अच्छा? घर पर और कौन–कौन है?''
सर्वेश : ''कोई नहीं। बच्चे दिन भर स्कूल में रहते हैं और शाम को ट्यूशन करने
          चले जाते हैं।''
रूपा : ''फिर तो आपकी पत्नी घर पर बैठी–बैठी ऊब .नहीं जाती?''
सर्वेश : ''हाँ... वह भी एक समस्या है। ऑफिस से आने के बाद मैं उसके साथ
          बैठ कर सास–बहु के चर्चे न करूँ तो मैडम को डिप्रेशन की समस्या
          होने लगती है। कह रही थी किसी मनोवैज्ञानिक से बात करें। अब
          मैं एक और डॉक्टर के चक्कर काटूँ क्योंकि मोहतरमा को दौड़ में
          भागने का शौक चढ़ गया था!'' यह कहते हुए सर्वेश के चेहरे का
          आक्रोश स्पष्ट था।

हालाँकि, दोनों की तात्कालिक समस्या कुछ और ही थी। उनका ड्राइवर अपने कान खड़े कर उनकी बातें सुन रहा था। अगले मोड़ पर जब गाड़ी रुकी, तो फिर से अपनी डायरी में नोट्स लेने लगा।

''क्या अजीब इंसान है! अब हम चैन से बात भी नहीं कर सकते। इसको हमारे बारे में सब कुछ पता करना है! ऊपर से इसे मेरा नाम भी पता है, और अब पता भी जान जायेगा। टैक्सी बदल लें क्या?'' फुसफुसाते हुए सर्वेश बोले।

इतने में उन्होंने देखा कि सड़क के किनारे खड़े श्रीवास्तव साहब ज़ोर–ज़ोर से हाथ हिलाकर उनके कार की ओर इशारा कर रहे थे। श्रीवास्तव साहब उनकी कंपनी के जनरल मैनेजर हुआ करते थे और पिछले ही महीने रिटायर हुए थे। बड़े सज्जन इंसान हैं वो।

"माफ कीजियेगा, मुझे अपने मित्र को नमस्ते कहना है। दो मिनट के लिए टैक्सी रोकता हूँ" यह कह ड्राइवर ने गाड़ी रोकी और अपना दरवाजा खोल कर श्रीवास्तव साहब को पास बुलाया। पास आते–आते, उनकी आवाज स्पष्ट हो रही थी। ड्राइवर से वो बोल रहे थे : "अरे सर, आज कितने ट्रिप लगाए आपने? आज की कहानी कैसी है?"

ड्राइवर कुछ बोलता, इससे पहले श्रीवास्तव साहब ने दोनों सवारियों को देख लिया था : "सर्वेश, रूपा, चलो आज डॉ० कुमार के बहाने तुमसे मुलाकात हो गयी !
काफी देर तक काम करना पड़ रहा है तुमलोगों को। मुवक्किल आये होंगे जरूर!"
सर्वेश और रूपा भी श्रीवास्तव साहब को देख कर खुश हुए। लेकिन ये डॉ० कुमार कौन हैं, इतना पूछते उससे पहले ही श्रीवास्तव साहब ड्राइवर की ओर इशारा करते हुए बोले : "वैसे इनसे मिलो, डॉ० कुमार। मेरी पहली नौकरी में मेरे बॉस हुआ करते थे। अब रिटायर हो गए हैं, और टैक्सी चला कर अपना मन लगाते हैं।"

सर्वेश और रूपा किंकर्तव्यविमूढ़, अचंभित–से बैठे रहे। रूपा की नजर ड्राइवर की डायरी पर टिकी हुई थी। श्रीवास्तव साहब भाँप गए। बोले : "डॉ० कुमार ने अपने दिनों में खूब उपन्यास लिखे। लेकिन रिटायरमेंट के बाद जीवन में कुछ चुनौतियां आ गयी, तो अब प्रकाशकों के लिए नहीं अपनी प्रेयसी के लिए लिखते हैं..."

"मतलब?", सर्वेश और रूपा ने समान स्वर में पूछा।

ड्राइवर ने बात काट कर स्वयं बोलना शुरू किया : "दरअसल कुछ सालों पहले मेरी पत्नी को लकवा मार गया। हमारे बच्चे नहीं है, और परिवार वाले ज्यादातर विदेशों में है। स्थावर जीवन उस घुमक्कड़ से कैसे कटेगा यह सोच कर रिटायरमेंट के बाद मैंने घर पर पत्नी के साथ जीवन बिताने की ठानी। लेकिन, हम दोनों को अकेलापन सताने लगा। एकाकीपन भी ऐसा कि आखिर बात करें भी तो किस बारे में!"

श्रीवास्तव साहब मुस्कुराते रहे। ड्राइवर साहब बोलते रहे : "मैंने सोचा, टैक्सी ड्राइवर बन जाऊँ तो दिन में पंद्रह–बीस लोगों से मुलाकात हो जाएगी। इसलिए, जब भी कोई ग्राहक बैठता है, तो उसके बारे में जानने की कोशिश करता हूँ। उम्र ज्यादा हो गई, इसलिए याद्दाश्त पर भरोसा नहीं रहा। नोट्स ले लेता हूँ। शाम में घर जाकर पत्नी इशारे से पूछती है– 'कैसा रहा आज का दिन?'। मेरे पास उसे सुनाने के लिए दस–पंद्रह चरित्रों की कहानी होती है। उसका भी मन बहल जाता है, और मुझे भी लगता है अपनी जीवनसंगिनी के जीवन में कुछ रंग भर पाया।"

"अच्छा डॉ० कुमार, आप चलिए। सवारियों को घर पहुंचना हैं। मिसेज कुमार को हमारा नमस्ते कहियेगा", इतना कह श्रीवास्तव साहब ने इन दोनों को भी विदा का इशारा दिया। कार चल पड़ी।

रूपा को लगा, अपने जीवन की कहानी थोड़ी और सुना डाले। उसकी नजर ड्राइवर के डायरी पर अब भी टिकी थी। लेकिन अब तक उसका घर आ चुका था। उधर सर्वेश अपनी पत्नी की अवस्था पर पुनर्विचार कर रहा था। सोचा, आज फूलों का गुलदस्ता ले चलूँ। बारिश अब सुन्दर लगने लगी थी।

✳✳✳

ठहरा पानी

कितना अद्भुत शहर! भागदौड़ वाले पाश्चात्य शहरों से अलग—थलग। हिमालय की किसी दुर्गम घाटी में तप करते किसी योगी जैसा! न घोड़े की ठकठक, न गाड़ियों की चिल्लपों। अमीर हो या गरीब, सब पैदल चलते हैं। दिव्यांगो के आवागमन की विशेष व्यवस्था है। जितना ऐतिहासिक, उतना ही मनमोहक। वेनिस— शब्दश : समुद्र के पानी पर खंभों को गाड़ कर उनके ऊपर बसाया गया था यह शहर!

जगह—जगह खुले गलियारे छोड़े गये जो नहर बन गये। नहरों में तैरती नौकाएँ सिर्फ पर्यटन के लिए नहीं है। यातायात की सक्षम उपयोगिता है इनकी! नहरों से विभाजित शहर के टापू—समान खंडों को पैदल पुलों से जोड़ा गया है। मानव गतिविधियों का जीवनमय उदाहरण! जितना रूमानी, उतना ही उदात्त!

नागरिकशास्त्र का छात्र हूँ। वेनिस की गलियों से गुजरते हुए लगा कि पूरा शहर जनतांत्रिक व्यवस्था की प्रतिमूर्ती है। लोगों में बराबरी है। किसी का कद उसकी गाड़ी के ब्रांड से नापना संभव ही नहीं । आप कितने ही बडे हों, अपनी मंजिल तक जाने को पैदल ही चलेंगे! और ये नहरें? नहरें प्रशासन समान हैं — संसाधनों का वितरण करती है।

लेकिन ठहरिये जनाब! इन नहरों का पानी तो ठहरा—सा मालूम होता है। मटमैला, धुँधला! सदियों से इनमें गंदगी जमा न हुई होगी? इस कौतूहल ने इतना सताया कि मैंने एक नौकावाहक से पूछ ही डाला। वह बोला : "मित्र, यह सच है कि कुछ नागरिक मिलकर इन नहरों की सफाई नहीं कर पाते। लेकिन, ठहरे पानी के बावजूद यह नहर समंदर से जुड़ा है। और आप तो जानते ही होंगे — समंदर में हर कुछ हफ्तों में ज्वार—भाटा आता है और अपने अंतरालों पर इन नहरों की सफाई कर जाता है"।

मुझे हर कुछ सालों में आने वाले चुनाव याद आ गए। मुस्कुराया और नगर की सुंदरता में खो गया।

***

करियर

नमित और सुमित— सगे भाई लेकिन चरित्र—चित्रण में चुंबक के दो ध्रुव। जितना आपसी लगाव उतना ही अलग स्वभाव।

दोनो ने आईआईटी से कंप्यूटर इंजीनियरिंग का ज्ञान लिया। नमित ने एथिकल कंप्यूटर हैकिंग मे करियर बनाया। मल्टीनेशनल कंपनी में मैनेजर हैं। देश—विदेश जाना लगा रहता है। फेसबुक पर काफी सोशल हैं, खासकर साहीत्यिक ग्रुप्स पर लेकिन असली सामाजिकता में फिसड्डी।

उधर सुमित ने वास्तविक सामाजिकता में तो ध्यान लगाया लेकिन अपनी छोटी सी जिंदगी करियर बनाने में क्यों झोंक दे? साऊथ दिल्ली मे चारमंजिली पुश्तैनी कोठी है जहाँ सिर्फ ये दो भाई रहते हैं। गाँव मे बटेदारी के खेत और गाजियाबाद में किराये पर लगे मकानों से आमदनी होती रहती है। कभी आमद में ऊँच—नीच हो जाए तो नमित भाई मदद कर ही देते हैं। नतीजतन, बंबइया भाषा में सुमित भाई अक्सर "वेल्ले" से दिखते हैं। हालाँकि, पिछले कुछ महीनों से उन्होंनें ऑनलाईन कंसल्टैंट का कोई धंधा चालू किया है। मेधा की कोई कमी तो है नहीं, जनाब। इसलिये घर बैठे खूब कमाने भी लगे हैं।

लेकिन, नमित आजकल बड़े परेशान हैं। फेसबुक, व्हाट्स—एप्प के सारे साहित्यिक ग्रुप्स मे न जाने क्यों एकाएक मेंबरशिप में इज़ाफा हो गया है। यूँ तो अच्छी बात होती लेकिन पहले जहाँ श्रृंगार रस से सनी रचनाओं पर चर्चाएं होती थीं, अब वहाँ राजनैतिक विवादों का वर्चस्व बढ़ गया है। दरअ. सल, तीन ख़ास लोगों के वैचारिक "पैशन" की वजह से ग्रुप्स मे सनसनी सी रहती है।.... ऐसा कह लीजै कि इनमें से कोई भी दो एक साथ ऑनलाईन आ जाएं तो ग्रुप मे आग लग जाए बस, आग। किसी को मुसलमान असुरक्षित दिखते हैं, किसी को हिंदू। किसी को देश मे सारे भ्रष्ट नजर आते हैं। ऊपर से, अपने—अपने तर्क मनवाने के लिये अधकचरे फॉरवार्डेड मैसेज का ऐसा प्रयोग करते हैं मानो प्राचीन धर्मग्रंथों से उद्धृत किये गये हों। यहाँ तक कि कभी—कभी गहमागहमी में गाली—गलौज पर भी उतर आते हैं। बाकी जनता दुखी हो गई है।

आज नमित से रहा न गया। सोचा कि इन तीनों महाशयों का एकाउंट ही हैक कर डालते हैं। कोडिंग मे सुमित भाई से मदद मिल जाएगी। घंटों तक ब्रूट–फोर्स एल्गोरिध्म लगाते रहे।

एक–एक कर पता चला कि तीनों अकाउंट छद्म नामों से बने हैं। नमित का आक्रोश और बढ़ा। उन्होंने आईपी अड्रेस को क्रैक करना शुरू किया।

वेट–अ–मिनट!
तीनो एक ही शहर से हैं....
कौन सा शहर है?....
दिल्ली?....
साऊथ दिल्ली??....
हमारी कोठी???....
और....तीनो अकाऊंट एक ही कंप्यूटर से?

या खुदा! तो ये है सुमित भाई का कंसल्टेंसी बिजनस! दरअसल चुनाव जो आने वाले हैं!

***

स्वर्ग

इतने बड़े बैंक में सीनियर वाईस प्रेजिडेंट की नौकरी में पैसे तो बहुत मिल रहे हैं, लेकिन उन्हें खर्च करने की फुर्सत नहीं मिलती। इस साल वसंत पंचमी के बाद निर्मल ने जबरदस्ती स्वयं को छुट्टी दिलाई और धर्मशाला में एक रिसोर्ट के लिए अकेले ही निकल पड़े। दिल्ली से शिमला तक का सफर आनंदमय रहा। दिल्ली एयरपोर्ट के लाउंज में ड्रिंक्स काफी अच्छे थे।

एयर इंडिया की फर्स्ट—क्लास फ्लाइट में भी कॉकटेल्स बुरे नहीं थे. लेकिन मार्टीनी का जो स्वाद निर्मल ढूंढ रहे थे, वो अभी तक कही नहीं मिला। धर्मशाला के रस्ते में एक हाई क्वालिटी बार है जहां विदेशी सैलानियों के लिए अच्छे कॉकटेल्स मिलते हैं। लेकिन यह बार किसी सवारी ट्रैन या बस के रस्ते में नहीं पड़ता। इसलिए निर्मल ने धर्मशाला तक खुद ड्राइव करने की ठानी। कार रेंटल से एक कनवर्टिबल विदेशी कार किराये पर ली और ड्राइव कर चल दिए।

अब उसी बार में बैठे थे। दोपहर के वक्त कुछ खास भीड़ होती नहीं। इसलिए, उन्होंने पीछे के टेरेस में एक सीट पसंद की। टेरेस के तले एक गहरी घाटी है और उसमे बहता हुआ एक नाला।

"मेरे लिए मार्टीनी लाना, जरा। जिन और वोडका दोनों मिलाकर... और हाँ, ओलिव डाल कर बस हल्का—सा हिलाना, शेक मत करना..." निर्मल ने बेयरे से कहा, जेम्स बांड की तर्ज में। बेयरा आर्डर ले कर अंदर चला गया। निर्मल ने मेनू को ध्यान से अब देखा। एक—एक ड्रिंक हजार रुपये से ज्यादा के बिक रहे थे। "कोई नहीं जी," उन्होंने खुद को कहा, "पाँच हजार भी लग जाएँ, लेकिन थोड़ी चढ़े तो क्या बुरा है... इसी का नाम तो है जिन्दगी..." उसके बाद, घाटी के सौंदर्य में डूब गए।

यूँ तो टेरेस बार के पिछवाड़े में है, लेकिन घुमावदार पहाड़ी सड़क उसके एक किनारे से होकर जाती है, फिर एक सँकरी पुलिया बन पहाड़ों के पीछे गुम हो जाती है। कभी—कभी गाड़ियों की आवाज आ जाती है वर्ना माहौल शांत रहता है वहाँ।

पुलिया के पीछे एक बरगद का पेड़ है शायद। उसके तले टिला—सा बना है। ऐसा लगा उसपर कुछ हुड़दंगिये बैठे हैं। ध्यान से देखा तो कुछ नगा बाबाओं का झुण्ड था। हुक्का फूँका जा रहा था. "ज़ाहिर है, गंजेरी हैं ये बाबा लोग... समाज के ऊपर एक बोझ," निर्मल ने सोचा। एक तरफ हम हैं, देश की तरक्की में जी—जान लगा रहे हैं, टैक्स भर रहे हैं, और दूसरी ओर रहे ये जनाब... गांजा फूंक रहे हैं!"

नगा बाबाओं में एक व्यक्ति थोड़ा उम्रदराज लग रहा था। उसकी बाँह पर एक केसरिया पट्टी बंधी थी, सर पर एक पगड़ी और माथे पर पीला टीका था. बाकी सारे युवक—से ही थे। निर्मल ने सोचा ''तो इसी बाबाजी ने बाकी सब को बहकाया होगा...''

मार्टीनी का गिलास आ चुका था। निर्मल उसकी चुस्कियां लेकर अपने दार्शनिक सोच में फिर गुम हो गएः ''मैंने सुना है कि गंजेड़ियों का विवेक खत्म हो जाता है। गांजा का हैंगओवर भी बड़ा बेकार होता है... लेकिन इन बाबाओं को कौन समझाए... जहाँ—तहाँ से जंगली पत्ते तोड़ लाते हैं, और उसका नशा करते हैं। न क्वालिटी का कोई ठिकाना, न साफ—सफाई का...'' सोचते—सोचते गिलास खत्म हो गया। उन्होंने एक और गिलास मंगवाया। दूसरे गिलास के अंत में थोड़ा नशा चढ़ा. हरी—भरी वादियों में जब मार्टीनी का ऐसा गिलास मिल जाये, यूँ मंद—मंद हवा चले और नीचे कल—कल बहते पानी की आवाज़ आ रही हो, तो मानो स्वर्गलोक में आ गए। निर्मल को झपकी आ गयी। जब जगे तो थोड़ा अँधेरा हो गया था। सोचा, फिर ऐसा मौका कब मिलेगा। मार्टीनी के दो और ग्लास मंगवाए और एक सुर में पी डाला। हालाँकि अब तक नगा बाबाओं की टोली वहाँ से जा चुकी थी।

करीब साढ़े सात हजार रुपये का बिल आया। पाँच सौ रुपये बख्शीस में दिए और बार से बाहर आ गए। हल्का—हल्का नशा अच्छा लग रहा था। नौकरी अच्छी हो तो इंसान ये मजे खरीद सकता है। धर्मशाला के रिसोर्ट मैनेजर ने कॉल कर पूछाः ''सर आप कब तक पहुंचेंगे? आपका कमरा तैयार है''. ''बस, एक घंटे में पहुँचता हूँ,'' कह कर निर्मल ने कार चालू की और सड़क पर उसे दौड़ाने लगे.

सुबह में नींद खुली। बगल में एक नवयुवक नगा बाबा खड़े थे। होठों पर ऊँगली रख कर निर्मल को इशारा दे रहे थे मानो चोरी—छुपे आये हों. ''जाग गए, बच्चा?'' नवयुवक ने निर्मल से पूछा।

निर्मल को अंदर ही अंदर हँसी आ गयीः ''इस नंगे लड़के को मैं बच्चा दिखता हूँ!'' सोचा एक लेक्चर पिला दें जनाब को. लेकिन मुँह नहीं खोल पाए।

थोड़ी कशमकश पर सच्चाई का सामना हुआ। निर्मल के सर पर और मुँह पर पट्टी बँधी थी. पता चला निर्मल बाबू किसी रिसोर्ट में नहीं थे। एक प्राइवेट हस्पताल के बिस्तर पर पड़े थे। दोनों बाँह शिथिल।

"बच्चा", हमारे गुरुजी पठानिया बाबा को डर था कि तुम नशे में गाडी चलाने लगोगे। बरगद पेड़ के तले ही उन्हें आभास हो गया था। हिमाद्रि तक का सफर उन्होंने एक दिन बाद करने की ठानी। महामृत्युंजय की कृपा, कि बड़ी घाटी से पहले ही तुम्हारी गाड़ी डगमगायी और फिसल कर नदी तट पर उलट गयी, नहीं तो अनर्थ हो जाता... हमारे गुरु ने प्रण लिया है कि इस बस्ती में कदम नहीं डालेंगे। लेकिन उन्होंने तुम्हे आशीर्वाद भेजा है। बच्चा, इस बात को अपने जीवन का राज बना कर रखना। पठानिया बाबा की जय. .. अच्छा, बम भोले!" इतना कह नगा बाबा ने निर्मल को एक पुर्जा थमाया और दबे पाँव चले गए। किसी को ख़बर तक नहीं हुई।

कुछ बोल या कर पाने में असमर्थ निर्मल ने उस हस्पताल में कुल दो हफ्ते बिताये। जब डिस्चार्ज हुए, तो पता चला कि उनका इलाज मुफ्त में कर दिया गया है। दरअसल, जिस हस्पताल में वो भर्ती थे वह किसी पठानिया साहब की बनाई हुई थी। मालिक श्री सोमनाथ पठानिया एक अमरीकन बैंक में प्रेजिडेंट हुआ करते थे। कुछ वर्षों पहले वापस इंडिया आये और अपनी संपत्ति दुर्घटनाग्रस्त इलाज ट्रस्ट को समर्पित कर संन्यास ले लिया। किसी ने उनको फिर देखा नहीं। लोग कहते हैं, पठानिया साहब हिमालय की बर्फानी चोटियों में तप करते हैं।

हस्पताल से बाहर आकर निर्मल ने अपनी जेब से पुर्जा निकला। पुर्जे में एक बाइबिल की पंक्ति थी: "डू नॉट जज ओर यू विल बी जज्ड" (किसी को अज्ञानता पूर्वक आँकें नहीं अन्यथा आपको भी आँका जाएगा)। मानो, किसी ने निर्मल के विचारों को तब ही पढ़ लिया था जब वह अपने ड्रिंक्स का मजा ले रहे थे।

✳✳✳